エキナカには神様がいる

峰月 皓

illustration / げみ
design / 木村デザイン・ラボ

エキナカには神様がいる

峰月 皓

燕町駅《つばめちょう》のエキナカには神様がいる。

そんな噂《うわさ》が広まりはじめたのは、二〇一五年に入ってすぐの頃《ころ》。

あるネットニュースサイトが小さな特集記事を組んだのがきっかけだった。

現代では噂は文字どおり千里を駆ける。まとめサイトが作られ、「神様」のブログが数十万のアクセスを獲得《かくとく》するまで、数日と掛からなかった。

しかし広まるのが早い分、飽きられるのも異様に早いのが現代のニュースの特徴だ。

ほんの少しのファンだけがブログをブックマークに残し、その他多くの人々は、そんな記事があったことすらすぐに忘れた。

残ったのは漠然とした、都市伝説めいた噂だけ。

燕町駅のエキナカには神様がいるという。

第一話

背中

綿くずみたいな雪が、昼過ぎから降り続いていた。しかし、燕町駅の構内は人いきれに満ちて、暑さを感じるほどだった。

『本日、降雪による架線《かせん》異常のため、現在、燕町駅発着の各線は運転を見合わせております。ご利用の皆様にはご迷惑をお掛けしております』

ステンカラーコートの背中を丸めて、自動改札にICカードを触れて改札を抜けた桜庭《さくらば》良一《りょういち》は、お立ち台に立った駅員の声に、疲れた顔を持ち上げた。

電車が止まっている？　こんな時間に？

仕事で会社に泊まりこみ、今日《きょう》は実に三日ぶりの帰宅だった。グリーン券でも奮発《ふんぱつ》しないとやっていられない。そう思っていた矢先だった。

各所のスピーカーから、先ほどと同じ内容のアナウンスが流れている。

東京都つばめ区燕町駅は、南口に地下鉄、北口に都市間特急の駅を抱えた、一日に何十万人という人々が行き交う首都《しゅと》圏《けん》でも屈指のターミナル駅だ。乗換だけでなく、駅の周辺にも多数のオフィスビルを抱えていて、乗降客も非常に多い。その客を捌《さば》くための広々としたコンコースは、いまや帰宅難民《なんみん》となりかけたビジネスパーソンで埋め尽くされていた。

桜庭もその一人《ひとり》に加わって、人の熱気《ねっき》によれよれのコートの襟《えり》を開きながら、泥のような目で電光掲示板を仰《あお》ぎ見る。

『運転中止』の文字が非常口のランプのように浮かんでいた。普段《ふだん》は様々な地名で埋め尽くされている電光掲示板に、真っ黒い穴のようなスペースができている。それはひどく不気味な光景だった。

『現在、各鉄道会社で振り替え輸送《ゆそう》を行っております。地下鉄をご利用のお客様は、当駅改札を出て、南口の方面へ――』

アナウンスは地下鉄への振り替えを勧めている。けれど桜庭の自宅は隣県《りんけん》の鳩ノ台《はとのだい》だ。燕町からは列車で一本だが、それが止まれば他《ほか》の路線では帰れない。

さりとて会社には戻りたくなかった。鍵《かぎ》を閉め、フロアの電源も落としてきたから、警備員《けいびいん》を呼び出して説明しなければならないし、そんなことをすればうるさい上司に連絡がいくだろう。それはいかにも億劫《おっくう》だった。

桜庭が死にたくなるのはこういう日だ。

都内のどこかで数日に一度は発生する人身事故。つい飛びこんでしまう人々の気持ちが、いまの桜庭にはよくわかる。

以前はこうではなかった。ひどい勤務状態には違いなかったが、毎日のような終電ダッシュにも、肩を並べる同僚がいた。徹夜《てつや》で飲みに行くこともあったし、馬鹿《ばか》な話もした。だがこの数年、度重《たびかさ》なる人件費の削減に次々と同僚は辞めていき、沈む船から逃げそびれた桜庭だけが、上司と新人のあいだに挟まって、一人身動きが取れなくなっている。

そうこうしているあいだに四十歳の坂にさしかかり、転職《てんしょく》の望みもう薄《うす》い。妻子を養うためには、職を失うわけにはいかなかった。

重苦しいため息を吐《つ》いた桜庭の右手で、怒号が閃《ひらめ》いた。

「いいから答えろよ！　今日中に復旧すんの⁉　しないの⁉」

桜庭より一回り上の世代だろう、灰色《はいいろ》のスーツの男が、お立ち台の駅員を怒鳴《どな》りつけている。大学を出て何年も経《た》っていないような若い駅員は、スピーカーを握りしめたまま棒立ちになっていた。

「金払ってるんだからよォ！　ちゃんと責任取れよ！　ほら、いつ復旧するんだよ！　わからなかったら駅長に聞いてこいよ！」

そうだそうだと同調《どうちょう》する声さえなかったが、周囲の客たちが同じ気持ちであることは顔を見ればわかった。それは桜庭も同じだ。

耳が痛くなるほど静かなオフィスで一人、パソコンに齧《かじ》りつき、カフェイン飲料を浴びるように飲みながら書いているプログラムは、どこかの発電所の検査システムの下請《したう》けの下請けで、やりがいも何もなかった。せめて今日は自宅の布団で眠ろうと、それだけを希望にして会社を出てきたところが、この有様《ありさま》だ。

スーツの男は顔を真《ま》っ赤《か》にして、駅員の胸ぐらを摑《つか》み、お立ち台から引きずり下ろした。周囲の客が止めようとする気配《けはい》はない。桜庭はさりげなく人垣に加わって、揉《も》み合《あ》いがよく見える位置に陣取った。

いいぞ。もっとやれ。

桜庭は心の中で、男に声援を送った。

その桜庭の横を、誰《だれ》かがすり抜けていった。

雪の日だというのに、軽装な細身の男だ。彼は自然とできていた人垣をするりと抜けて、駅員にいましも殴りかからんとする男の肩を叩《たた》いた。重苦しい駅の空気とは裏腹の、まるで兎《うさぎ》が跳ねるような動きだ。

彼はそのスーツの男に、素早《すばや》く何かを囁《ささや》いた。

男は引きつけを起こしたように手を止めた。駅員の襟を放し、人垣をぐるりと見回す。視線が合わないように、桜庭は目を伏せた。知らない男だ。目が合ってもどうということはないのだが、どういうわけかばつの悪さがあった。

スーツの男の背中からは、するりと怒気が抜け落ちていた。そして細身の男を乱暴《らんぼう》に振り払うと、雑踏に消えた。

細身の男は気にした様子《ようす》もなく、倒れた駅員に自然な仕草《しぐさ》で手を差し伸べた。若い駅員は軽く会釈をして、その手を取る。

チッ、とどこからか舌打ちが聞こえた。周囲の客が桜庭に目をやった。それで、彼は自分が舌打ちをこぼしたのだと気が付いた。とたんに激《はげ》しい羞恥《しゅうち》がこみ上げて、桜庭は目を伏せてその場を離れた。

列車が動く様子はない。辛《かろ》うじて動いている都市間特急の改札は、満員電車もかくやという混雑ぶりだ。時計《とけい》は二十三時を示しているが、一向にコンコースの客が減る気配はない。苛立《いらだ》ち、疲れた顔で携帯電話を眺めている人の群れ。この分では、とうにホテルもネットカフェも満員だろう。

桜庭は早々に諦《あきら》め、コンコースの片隅に座りこんだ。ホームに降りる階段口から、ノイズのように細かい雪が吹き上がっていた。

さっきの男が駅員を殴ってくれれば、少しはこの鬱屈《うっくつ》も晴れただろうか。

そんな暗い感情を押し殺すように、桜庭は背中を丸めてコートの襟を閉じた。

雪は夜半近くには止《や》んだようだが、結局、列車は動かずじまいだった。

深夜も過ぎたところで駅員に追い出され、桜庭は南北自由通路の隅にうずくまって一夜を過ごした。周囲には、ぽつぽつと同じように膝《ひざ》に顔を埋《うず》めた人々がいて、中には若い女性の姿もあった。

うとうとしながら文庫本を眺めているうちに、夜が明けたのか、駅の中で人の動く気配がした。駅員が自由通路を歩き、「始発が出ますよ」と一人一人に声を掛けている。桜庭は、反射的に自宅の布団を思い出して立ち上がった。そのまま始発で家に帰り、眠ってしまえばどれだけ幸せな気分になれただろう。

けれど桜庭は仕事を放り出すこともできず、駅で一晩を過ごしたまま、いつものように立ち食いそばを食べている。

眩《まぶ》しい日の光とは裏腹の、寒い朝だった。線路のあいだに残る雪を見ながら、桜庭は両手で器を持って黒いつゆを啜《すす》った。味よりも先に、熱が身体《からだ》に染みわたり、思わず小さくうめいてしまう。

朝食は、ホームの立ち食いで済ますのが桜庭の習慣《しゅうかん》だ。オフィスの床で眠ろうが、仕事の間隙《かんげき》を突いて鳩ノ台に帰ろうがそれは変わらない。自動券売機《けんばいき》の前で、きつねかたぬきか、かき揚げにするかを悩むのは、朝の大切な儀式《ぎしき》だった。

昨夜の降雪の影響《えいきょう》で、今日も朝から列車は間引き運転だ。ホームに到着する列車はどれも超満員である。朝から疲れた顔をしているオフィスワーカーたちを尻目《しりめ》に、桜庭はつゆを染みこませたかき揚げを大きく齧った。甘い玉ねぎの汁が、衣を破って口の中にあふれ出す。その様子を、そば屋のガラス一枚隔てた客たちが、ちらちらと眺めている。

ほんのかすかな優越感《ゆうえつかん》。朝食を出す店ならコンコースにもあるが、わざわざホームまで降りてくるのはこのためだ。いけ好かない上司とわがままな新人に挟まれ、今日も一日薄暗いオフィスでパソコン仕事。まるで果ての見えない重苦しいトンネルだ。そんな日々を生き抜くためには、こういう小さなモチベーションが欠かせない。

最後の一滴までつゆを啜った器を返し、「ありがとうございましたァー」と店員の声を受けて、桜庭は店を出ようとした。

入れ違いに客が入ってくる。桜庭ははたと立ち止まった。それは昨日《きのう》、駅員に殴りかかるスーツの男を止めた、細身の男だった。その顔を見ると、桜庭の胸に掻《か》きむしるような羞恥がこみ上げる。

男は、慣《な》れた様子できつねそばを注文すると、店員と二言三言話をした。どうやら常連らしく、話題は昨日の雪のこと。

もうここで飯は食えないな。

心の中でそう呟《つぶや》き、桜庭は八年通った立ち食いに別れを告げてホームに出る。

そのとたん、息苦しさを覚えて桜庭は胸を強く押さえた。

冷たい空気のせいだ。そう思いこんで、ホームの階段を駆け上がる。


「画面遷移《せんい》のミスなんて新人でもやらねえぞ！　仕様書を一回読み返せば気づいたことだろうが！　だからお前は駄目《だめ》なんだよ、桜庭ァ！」

駄目、のところにことさら強くアクセントを置いて、肥《ふと》った鷲鼻《わしばな》の上司はオフィスの床に這《は》いつくばった桜庭を怒鳴りつけた。背中に新人たちの視線が突き刺さり、まるで出血したような痛みを感じる。

列車が止まり、自由通路で夜を明かした雪の日から、五日が経っていた。

桜庭がこの一週間、土日も潰《つぶ》して掛かりきりで仕上げた発電所の検査プログラム。

そこに大穴があった。

本来なら、この鷲鼻の上司がチェックすべきものだ。だが、この男にプログラミングの仕事はできない。それを重々知っていながら、提出前に目を通さなかった桜庭のミスだ。このところオフィスにずっと泊まりこみ、昨日も二晩徹夜して疲れ果てていた、というのは言い訳にもならない。

鷲鼻の上司は、桜庭がミスをするたび、わざわざ新人たちを集め、その前で桜庭を罵《ののし》った。初めは桜庭に同情的な新人も、それが繰《く》り返されるうちに空気に染まり、軽蔑《けいべつ》の目を向けるようになるのが常だった。

「今日中に修正しろ。桜庭、お前のミスなんだから一人でやれよ？」

一時間も説教した挙げ句、上司はそう命じてオフィスを出ていった。その一時間を仕事に充《あ》てさせてもらえばどれだけ助かることか。桜庭は怒りを通り越して、虚《むな》しさを感じながらデスクに就《つ》く。

「先輩《せんぱい》、手伝《てつだ》いましょうか？」

その気もないくせに、いつも定時に帰る新人が声を掛けてくる。

確《たし》か梅原《うめはら》とかいう大学を出たばかりの若僧だ。魂胆はわかっている。可哀想《かわいそう》な中間管理職のおじさんを、哀《あわ》れむ俺《おれ》チョー優《やさ》しい、という周囲へのアピールだ。そのくせちょっと負担を掛ければ、次の日にはもう会社に来ない。電話をすれば「あ、オレ辞めます。そんじゃ」とくる。その責任は、当然桜庭に掛かってくる。そんなことを、桜庭は幾度となく体験《たいけん》していた。

「いや、大丈夫。俺の責任だからね……」

「わかりました」

梅原はあっさりと引き下がる。ほれ見ろ、と内心で呟いて、桜庭は血走った目をモニターに向けた。

パソコンのファンの低音が、ひどく耳に障った。


この日、桜庭は珍しく二十一時台にオフィスを出た。代わりに明日《あした》から大型案件を専任することが決まっている。またしばらくオフィスの床で寝る日々が続くだろう。

その『大型案件』にしても、桜庭が資料を作り、プレゼンし、取引先の信用を得て勝ち取ってきた仕事だ。小さな会社だから、プログラマーの桜庭も、専門知識《ちしき》を触れこむために引っ張り出される。接待費ばかり計上するコネ入社の営業部員の尻ぬぐいに駆け回ったことも、一度や二度ではなかった。

だが、いまの会社に入って十五年。その苦労が報われることはほとんどなかった。手柄は奪われ、ミスの責任は被《かぶ》らされる。それでも、好きなプログラミングで人並みの給料を得ている、という矜持《きょうじ》が、もともと内向的で自己評価の低いきらいのある彼を、ぎりぎりのところで支えていた。

オフィスビルの一階を出て、駅へと向かう人の流れに加わる。ほんの五十mほど歩き、露天《ろてん》のエスカレーターを上がれば、先週夜を明かした燕町駅の自由通路だ。林立する柱に付いた広告モニターを眺めながら、桜庭は改札に向かった。早く帰れる日には、構内の書店を覗《のぞ》くのが彼の習いだ。

自動改札を抜ける人の流れは、まるで楽器のよう。ICカードを認識する短い電子音が、アトランダムで混沌《こんとん》とした音楽を奏でている。桜庭もその流れの一人となって、にぎやかだがもの悲しい電子楽器を一つ鳴らした。

ICカードをコートのポケットに戻したとき、桜庭はそこにあるはずの重みが消えていることに気が付いた。

桜庭はいつも文庫本を一冊ポケットに入れている。人に話すと意外と言われるが、それは携帯電話で時間を潰せなかった、ずっと昔からの癖《くせ》だった。

移動中や商談《しょうだん》の合間の、ほんの少しの時間に、仕事とは関係ない本を開く。それですっとストレスが引くときもあり、凝《こ》り固まっていた頭がほぐれてアイデアが湧《わ》くこともある。

その本を、どこかに忘れてきたらしい。

たいした本ではなかったはずなのに、桜庭は思った以上にショックを受けていた。大事な戦友を喪《うしな》ったような気持ちだった。

無意識に、桜庭は粘《ねば》っこいため息を吐いていた。自分の身体がふらついていることにも気づかず、広々としたコンコースをゆらゆらと歩く。

燕町駅のコンコースには、様々な風体《ふうてい》の人々が行き交っていた。

電光掲示板を見上げる人待ち顔のカップルの片割れ。スーツケースを引いて都市間特急の改札に向かいながら談笑する家族連れ。キビキビとホームへの階段を降りる白髪交《しらがま》じりのビジネスマン。背筋を伸ばし、方々に目を配っている警備員。そして華やかな笑顔《えがお》を振りまき、客を惹《ひ》きつける売店のスタッフ。

それは今の自分とはまったく関係ない、ガラス越しの世界だ。彼らの顔はどれも活気と希望に満ちて、ただ自分一人だけが、世界に見捨てられているように思えた。

革靴の底越しに、直下を行く列車の重い振動が伝わってくる。その振動に共鳴するように、桜庭の心は震《ふる》えた。

たった床一枚隔てたところに、苦痛も苦悩も、すべてぶっ壊《こわ》してくれるギロチンが走っているのだ。それは、いまの彼にとってはなんとも甘美な誘惑だった。

その誘惑に心を惹かれるように、桜庭はふらつきながらホームへの階段を降りていく。最後の一段を踏んでホームに立つと、列車がハンマーのように滑りこんできた。冷たい冬の夜風が桜庭の頬《ほお》を打った。

「ああ」

うめくような声が、列車を見詰める桜庭の口からこぼれていた。

もう嫌《いや》だ。逃げたい。その思いだけが、桜庭の頭をびっしりと埋め尽くしていた。

「桜庭さん」

知らない声が、桜庭の名を呼んでいた。

桜庭ははっと顔を上げ、反射的に居住まいを正した。桜庭を「さん」付けで呼ぶ人間は極めて限られる。そのほとんどが取引先の担当者だ。

しかし、声の主は取引先の人間ではなかった。桜庭が降りてきた階段の手すりに背中を預け、肩から黒い革の鞄《かばん》を下げている。

「この本、あなたの忘れ物じゃないですか？」

男が差し出したのは、駅構内にある書店『Book Trail』の表紙カバーにくるまれた、一冊の文庫本だった。

少し遅れて気が付いた。先週の、駅員に殴りかかる客を止めた、細身の男だ。

「……どうして？」

桜庭は目を丸くして、男の風体を改めて見回した。

薄手のダウンジャケットに、細身のジーンズ。少し長めの黒髪を無造作に流している。背は高いが、体つきも細身で身軽そうな印象の男だった。無精髭《ぶしょうひげ》を散らした顔は整《ととの》ってはいるが、目尻が若干垂れているせいか、どこか柔和《にゅうわ》な雰囲気がある。年の頃は三十前後だろうか。

どこにでもいそうなフリーター、そういう格好の男は、桜庭の視線に少しだけばつの悪そうな笑みを浮かべた。

「改札のところで、あなたが落とすのを、松上《まつがみ》さんが見ていて拾ったんです。届けてほしいと言われたので」

「松上……？」

「ああ、『Book Trail』の店員です。痩《や》せていて分厚い眼鏡《めがね》の女性です」

不意に、桜庭は駅の風景が色を持って動き出したような感覚を覚えた。

「松上っていうのか、あの子」

その女性には覚えがあった。書店では結構な古株のはずだ。何度か彼女に本を注文したり、趣味《しゅみ》に合うものを探してもらったこともある。彼女なら、桜庭の名前を覚えていても不思議《ふしぎ》はない。

桜庭は文庫本を受け取った。手のひらに感じる本の重みが心地《ここち》良い。

「俺は、中神《なかがみ》です。中神幸二《こうじ》」

意外なことに、彼が続けて差し出したのは名刺だった。

「桜庭良一です」

桜庭も会社の名刺を出し、交換する。中神と名乗った男の名刺は、駅名標のデザインで、名前とメールアドレス、それとｗｅｂアドレスが書かれていた。

「これはホームページ？」

「あとで見てみてください」

中神は子供が面白い玩具《おもちゃ》を手に入れたような顔をして、桜庭の名刺を眺めている。

「『スプリング・システムズ』。桜庭さんはＳＥですか」

「ええ、まあそんなようなものです。日がな一日、モニターと睨《にら》めっこですよ。あなたは？」

「フリーターです。いろいろやってます」

中神の言葉には、卑下《ひげ》や自嘲《じちょう》の響《ひび》きはまったくない。不思議な男だ。背格好も歩んできた人生もまったく違う、別の世界の人間。そんな風に感じざるを得なかった。

「それじゃあ、本、ありがとうございます」

桜庭は、一つ頭を下げて立ち去ろうとした。

現金なものである。あの雪の日には反感を抱いたくせに、自分がその親切の対象になれば、すっかり悪感情は消えていた。そのことが、ひどく恥ずかしかった。

「桜庭さん、少しだけお時間ありますか」

だが、中神は歩き出そうとする桜庭を呼び止めた。そう言われれば、本を返してもらった手前「ない」とは言えない。

「なんでしょう？」

用向きを尋ねた桜庭に、中神は鞄から大判のタブレット端末を取り出した。

「ちょっと、背中が欲しいんですよ」


チョコレート色の『Valentine's Day』の垂れ幕を見て、桜庭は久しぶりに学生時代の恋愛を思い出していた。

桜庭が人生で本命チョコをもらったのはただの一度きり、いまの妻からだ。二十歳を過ぎていたくせに、まるで中学生のようにはしゃいだあの日。彼女と結婚したのはその一年後だった。もう二十年も前の話だ。

そんなことを考え、桜庭は大いに気後《きおく》れしながら垂れ幕をくぐった。そのとたん、頭上に大きな空間が広がって、一瞬《いっしゅん》、外に出たのかと錯覚する。

燕町駅構内にある『えきっぷ』は、吹き抜けの二階層を使ったドーム状の商業施設である。改札を入って右側、広いコンコースの突き当たりに、垂れ幕の掛かったメインゲートが口を開けていた。ゲートの左側には都市間特急への連絡通路がある。施設全体が線路とホームの上に載っている構造だ。

六角形のスペースには、こぢんまりとしたお店がぐるりと並び、めいめいが幟《のぼり》や花飾り、POPなど工夫を凝《こ》らし、華やかさを競《きそ》っている。中央は広場になっていて、奥には大振りの楓《かえで》の樹《き》が一本植えられ、その周りにベンチが置かれている。大樹《たいじゅ》はすっかり葉を落とした枝に、クリスマスツリーの名残《なごり》のような雪の装飾を纏《まと》っていた。

見上げれば、格子状の天窓からは冬の陽《ひ》が射《さ》しこみ、それが照らす六角形の辺に沿って、紅殻《べんがら》色のエスカレーターが延びている。どうやら一階がショップ、二階がレストランやカフェになっているようだ。

一階の主力商品は、もちろんチョコレート一色だった。しかしドームを見回した桜庭は、おや、と意外な印象を抱く。チョコレート・ショップの前に整然《せいぜん》と行列を作っている客や、品定めをしながら回遊している客の中に、意外なほど男性、しかも桜庭のようなスーツ姿が交じっている。

少し考えて、桜庭はその理由に気が付いた。

デパートやショッピングセンターと見た目は似ていても、ここは駅の構内だ。すぐ外は駅のコンコース。無骨なサラリーマンが始終行き交っているわけで、何かのついでにひょいと入り、買って出るのに大した気兼ねはいらない。開放的なつくりにも、そういう意図が感じられる。

桜庭自身、甘いものは好んで食べるほうだ。プログラミングに根を詰めると、手元にチョコレートの一つは欠かせない。

次第に、客層よりも商品のほうに興味《きょうみ》が移ってくる。すると、中神の言葉が蘇《よみがえ》った。

背中が欲しい。その謎《なぞ》かけのような言葉を、中神は笑いながらこう補足した。

「この絵に、『えきっぷ』に入っていくスーツの男性を入れたいんです」

中神が差し出したタブレットには、水彩画のようなイラストが描《か》かれていた。

「疲れた背中をちょっと伸ばして、『えきっぷ』を覗きこむみたいな。そうですね……、散歩するような感じで」

駅の構内を散歩する男。その言葉に、桜庭は苦笑するしかなかった。あまりに非現実的だ。駅は列車に乗るために来る場所で、公園ではない。

けれど女性客に交じりながら、味を工夫し、意匠《いしょう》に磨きを掛けた芸術品のようなチョコレートを眺めていると、散歩という言葉もあながち的外れではない気がしてくる。ふわりと薫《かお》るカカオの匂《にお》いはかすかだが、ここがいつも使っている駅の構内だということを忘れさせる。桜庭はガラスケースに収まったチョコレートに感嘆して、値段を見てため息を吐く。時間が時間なので、個数限定の商品はたいてい売り切れている。商品すべてを売り切って、店じまいを始めているショップもあった。それがまた物欲を誘い、桜庭は次から次へとガラスケースを渡り歩く。

どこかで自分の背中を描いているだろう中神のことも、いつのまにか忘れていた。

鳩ノ台の駅で列車を降りて、桜庭は歩いて自宅に向かった。

手には鞄と、二千円もするチョコレートのアソートが入った袋を持っていた。

「良かったですよ。浮き浮きして、楽しい背中でした」

中神の言葉が、耳の底に残っていた。つい先ほどまで抱えていた重苦しいストレスは、少しだけ軽くなっていた。

明日からは、しばらく会社の床で寝ることになるはずだ。桜庭はまた真っ黒なトンネルを歩き出さねばならない。ただ、一瞬垣間見《かいまみ》えた青空が、疲れ切った足をもう少しだけ動かしてくれるだろう。

手に提げたチョコレートの重みが、桜庭の歩くリズムに合わせて揺れている。

桜庭は、衝動的《しょうどうてき》に買ったそのチョコを、一度は中神に渡そうとした。本のお礼のつもりだった。そしてほんの一時《ひととき》とはいえ、仕事とまったく関係のない場所で「楽しんでしまった」という後ろめたさもあった。

しかし彼はちらりと桜庭の結婚指輪《ゆびわ》に目をやると、

「お土産《みやげ》にしたらどうですか？」

などと、桜庭が思いもしなかったことを言ったのだ。

桜庭の背中が入ったイラストは、後日見せてもらう約束をした。そうして中神と別れた桜庭は、どこか浮《う》ついたような足取りで、自宅のドアを押し開けた。

リビングには明かりが灯《とも》っている。いつもなら、桜庭はその明かりを避けるように階段を上り、自室のベッドに倒れこむ。

だが、興奮《こうふん》の余韻《よいん》に任せて、桜庭はリビングのドアを開けた。

「奈緒子《なおこ》」

桜庭の声に、座ってテレビを見ていた妻が顔を上げ、驚《おどろ》いた顔でこちらを見た。

妻の名前を呼ぶ。それだけのことを、彼はもう一年以上もしていなかった。

「……何？」

たっぷりと不審《ふしん》の籠《こ》もった声に、桜庭はチョコレートの袋をテーブルに置いた。

「お土産だ。友加里《ゆかり》と一緒《いっしょ》に食べてくれ」

「お土産？ 旅行にでも行ってきたわけ」

学生時代にはあれほど夢中になっていた妻の視線が厭《いと》わしくて、桜庭はすぐにリビングを出た。

そうか。妻の言葉に、不思議な昂揚《こうよう》の理由が腑《ふ》に落ちた気がした。

たった三十分だが、俺は旅行に行ったのだ。

届けてもらった本、その冒頭の一節を思い出す。

『なんにも用事がないけれど、汽車に乗って大阪へ行ってこようと思う』

その日、桜庭は久しぶりに楽しい夢を見た。

朝の六時。仕度《したく》を整《ととの》え、自宅の階段を降りた桜庭は、玄関のドアの内側に貼《は》りつけられたコピー用紙を見て目を丸くした。

『これ買ってきて』と素っ気ない女文字が書かれたコピー用紙を裏返してみると、それはパソコンでプリントアウトしたらしい、バレンタイン・チョコレートの広告だった。

燕町駅『えきっぷ』限定、有名ショコラティエ監修《かんしゅう》のチョコレートアソート。一日五十個限定販売。桜庭の目から見ても、昨日買ってきたものより数段上の、「限定」に相応《ふさわ》しい商品であることがわかる。

娘の友加里の仕業《しわざ》に違いない。桜庭はため息を吐いた。昨日の「お土産」を見て、父親にパシリをさせることを思いついたのだろう。だいたい電車で一本なのだから、欲しければ自分で行けばいいのだ。あんな歳《とし》で楽をすることばかり覚えたらろくなことがない。

無視だ。そう思ってノブに手を掛けたが、桜庭はふと思い直して女文字を見詰めた。

思えば、仕事の忙しさにかまけて、もう何年も娘とろくに会話もしていない。妻と娘はいつのまにか一階で眠るようになり、桜庭と二人《ふたり》の生活は、まるで二世帯住宅のように隔離《かくり》されていた。

これは、数年ぶりの娘からのメッセージだ。そう考えると、桜庭はチョコレートのような甘さと苦みを同時に感じた。

桜庭はコピー用紙を大切に折りたたむと、鞄に差し入れて家を出た。

燕町駅に着き、桜庭はいつものホームのそば屋に入った。少し気が変わって、滅多《めった》に頼まないカレーライスを食べる。中神の姿を捜したが、見当たらなかった。

自発的な朝残業で資料を集めて準備を整えるうちに、出社した鷲鼻の上司の檄《げき》が飛び、オフィスは一斉に大型案件に取りかかった。桜庭はプログラミングの傍《かたわ》ら、新人の指導《しどう》と全体の進捗《しんちょく》管理を並行することになっている。

たっぷりと眠ったせいか、桜庭の仕事は順調に進んでいた。ただ、新しいプロジェクトが今日から始まるにしては、オフィスの雰囲気は暗かった。その原因は新人たちの教育不足だということは明らかだった。仕事を割り振るための作業をしている段階では、彼らは何をしていいのかわからず、桜庭がいちいち指示を出さないと動こうとしないのだ。手持《ても》ち無沙汰《ぶさた》になると、スマホでゲームなどやっている。桜庭は、世代が違う、という言葉では言い表せないほどの、まるで異星人を相手にしているような隔絶を感じていた。

徒労感を重く両肩に感じながら、十二時になった。普段なら切れ目なく仕事をしながら菓子パンを齧《かじ》るだけの時間に、桜庭は席を立った。

「少し出ます」

顔に怒りを浮かべる鷲鼻の上司も、驚く新人たちの視線も気にせずに、桜庭はオフィスを飛び出した。

だが『えきっぷ』に駆けこんだ桜庭を出迎えたのは、『本日分、売り切れました』の無情な張り紙だった。

「すいません、この商品なんですが、いつ頃来れば購入《こうにゅう》できますか」

桜庭は息を荒げながら、目当ての限定五十個のチョコレートアソートを指さし、清《せい》潔感《けっかん》のある白い衣服の売り子に問いかける。普段の桜庭なら、話しかけるだけで痴漢と思われるのではないか、そう躊躇《ちゅうちょ》するほどの若くて溌剌《はつらつ》とした娘だ。

「すいませーん。本日は、開店直後の行列で全部捌けちゃったんですよー。たぶんバレンタインまでずっとこうだと思います」

売り子の少女は困った顔をして、本当に申し訳なさそうに手を合わせた。

「予約とか、取り置きとか、そういうものはありませんか？」

「ごめんなさいっ。そういうのは一切ないんです。もともと一日五十個っていうのも、かなり無理して作ってもらってるらしいんで」

「そうですか……」

今日は火曜日《かようび》で、バレンタインは三日後の金曜日。それまで会社を休める日はない。まさかチョコのために出社を遅らせることもできない。

桜庭は肩を落として、礼を言うと店を離れた。

『えきっぷ』は、昼食を買い求める客でごった返していた。一階の奥には総菜や弁当を並べた一角があり、和食《わしょく》総菜や分厚いポークソテーの入った弁当が飛ぶように売れている。カフェやレストランにも行列ができていた。近くのオフィスワーカーだろう、スーツ姿の男女も数多い。チョコレート・ショップに並んでいる客にもスーツ姿が交じっていた。燕町駅の周辺にはオフィスビルが立ち並んでいるが、昼休みにわざわざ駅の構内にやって来る人がこれだけいるとは、桜庭には驚きだった。

人込みに辟易《へきえき》しながらコンコースに出ると、桜庭は反射的に彼の姿を探していた。いた。ホームに降りる階段の脇《わき》、手すりに背を預けて、タブレットにタッチペンを走らせている中神。そのタブレットを、隣《となり》に立った若い男が覗きこんでいる。

桜庭は近寄り、驚いた。

「……どうも」

会釈をしてきた若い男は、桜庭の隣席の同僚、いつも定時で帰る新人の梅原だった。

まず桜庭が感じたのは、プライベートを踏みにじられたような不快感だった。だが、それはすぐに羞恥に変わった。梅原がここにいるということは、昼休みに席を立った桜庭を追ってきたのに違いない。

「君、昼は」

「まだっす」

桜庭は財布から千円札二枚を出し、梅原に押しつけた。

「これで二人分、買ってきてくれないか」

梅原は、桜庭の顔と紙幣《しへい》を交互に見た。そして口止め料とでも思ったか、からかうような笑みを顔に浮かべた。

「わかりました。なんでもいいっすよね？」

桜庭が頷《うなず》くと、梅原は離れていった。近くのコンビニに入るかと思ったら、コンコースを人波を縫《ぬ》って歩いていく。

ため息を吐くと、二人のやりとりを面白げに見ていた中神と目が合った。

「彼とは、前々からの知り合いなんですか」

「ええ。以前、俺のホームページを見てきて、それ以来ですかね。イラストなんかアップしてるので」

中神の絵のファン、ということだろうか。タブレットを見てみれば、今日はランドセルを背負った小学生のイラストだった。大人《おとな》の行き交う『えきっぷ』の通路を、しっかりと前を見据えて歩く少年。淡い水彩画のようなタッチに、少年の目がはっとさせるような輝《かがや》きを持っている。

「あなたは、絵描きなんですか?」

絵描き、などという時代がかった言葉が面白かったのか、中神は微笑《ほほえ》んだ。つい、桜庭も釣られて微笑んでしまう。そんな笑顔だった。

「フリーターですよ。イラストは趣味です。まあ、遊園地で似顔絵を描いていたこともありますけど。あれ、お金は全然稼《かせ》げないんですよ。絵の練習にはなりますけどね」

上野《うえの》公園《こうえん》の似顔絵描きを思い出す。手に持っているものが、画板かタブレットかという違いはあるが、中神の雰囲気は確かにそういう浮き世離れした印象があった。

「そういえば桜庭さん。昨日のお土産、喜んでもらえました?」

「それなんですが……」

桜庭は、かすかに苦笑しながら娘の〝頼みごと〟について中神に語った。

元はといえば、お土産にしろ、と無責任に言ったのは中神だ。そのせいで厄介《やっかい》ごとを抱えこむことになった、というニュアンスがどうしても出てしまう。相手にも責任を分散させ、相手が自分から〝協力〟を言い出すように仕向ける。取引先との交渉で覚えた、ずるいやり方だ。

「それなら、誰かに頼んでみましょうか？」

果たして、中神は桜庭の希望に応《こた》える様子を見せた。

「誰か、というと？」

「俺は朝は動けないので。たぶん、『えきっぷ』の林《はやし》さんあたりに頼めると思います」

そこまでしてもらわなくても。そう出かかった言葉を桜庭は慌てて呑《の》みこんだ。

「お願《ねが》いします」

ずきん、と罪悪感を覚えながら、桜庭は頭を下げた。わがままな頼みを寄越《よこ》した娘を、恨《うら》みたいような気分になっていた。

「ただし、二つ条件があります。一つは林さん……が受けてくれるかはわかりませんけど、チョコを手に入れてくれた方に、あとで直接お礼を言ってください」

それぐらいは社会人として当然だ。桜庭は当惑しながら頷いた。

「もう一つは？」

中神は桜庭の目を見詰めてきた。いままでと打って変わって、はっとするような真剣な顔をしている。

「もしかしたら、俺から何かお願いすることがあるかもしれません。そのときに、桜庭さんのできる範囲《はんい》で協力してくれませんか」

「つまり」

桜庭は少し間を置き、疲れた頭を巡らせた。

「私が、その林さんにチョコレートを頼む代わり、私もいつか、誰かにとっての林さんになれ、ということですか？」

「気が向いたら、でいいんです。遠慮《えんりょ》なく断ってくれても構わないし。さしあたって、一つ頼みごとを聞いていただけますか？」

中神の物言いに、押しつけがましさは感じなかった。もう何年も、仕事関係の人間としか接していない桜庭にとっては、少々調子の狂う相手だ。

桜庭は電光掲示板の時計を見上げた。数年前にひどい腱鞘炎《けんしょうえん》を患《わずら》ってから、腕時計を付ける習慣はなくなっている。

「いいですよ。ただ、あと三十分で会社に戻らないといけませんが」

中神は嬉《うれ》しそうに頷いた。

「『Book Trail』の松上さんが、少し話をしたいそうなんです。いまならお店にいるはずですから」

「ああ」

昨日、本を届けてもらったときに名前を聞いた女性の店員だ。

「わかりました。行ってみます」

一体何を頼まれるのか。少し面倒《めんどう》だとは思ったが、限定チョコレートの件を頼んだ代償《だいしょう》としては軽いものだ。

それじゃあ、と桜庭は中神から離れてコンコースを歩き始めた。

少し離れたところで振り返って見ると、中神は相変わらず、タブレットにペンを走らせていた。

エキナカ書店『Book Trail』は、『えきっぷ』の外周にある、通路に向かって開いた店舗《てんぽ》の一つだ。その店頭の新刊本の陳列台で、しゃがみこみながらレイアウトを眺めている店員を見て、桜庭はすぐに彼女が松上だと確信した。

しかし話しかけるには少し勇気が要《い》った。店員と客の間柄では何度か話したことがあるが、今回はそうではない。中神が彼女に連絡をした様子はなかったし、自分の姿は風采《ふうさい》の上がらない四十がらみの男だ。まさかナンパと思われはしないだろうが。

声を掛けあぐねた桜庭は、少しのあいだ彼女の姿を観察《かんさつ》していた。二十代の後半くらいの、大きな眼鏡を掛けた細身の女性だ。背中までありそうなロングの黒髪を無造作に引っ詰めにして、しゃがみこんでパンプスの踵《かかと》をぺったりと床に付け、熱心に書《しょ》籍《せき》のレイアウトを調整している。

姿は何度も見ているし、声も覚えているのに、松上という名前を知っただけで、まるで舞《ぶ》台《たい》の黒子が突然女優に変わったように、見え方が違っていた。

「すいません、松上さんですか。私、桜庭と申しますが」

桜庭がそっと声を掛けると、女性は桜庭を見上げた。少しの思案の後、落ち着いた仕草で立ち上がった。

書店のカウンター越しではなく、こうして向き合うと、松上は意外なほど背丈があった。桜庭と並ぶほどではないが、女性としては高いほうだろう。

「本、届きましたか」

あまり感情の感じられない、涼やかな声音。彼女は『Book Trail』のエプロンを揺らして財布を取り出すと、名刺を抜いて差し出した。

「松上利《り》香《か》です」

中神と同じく、店名の入っていない個人用の名刺を受け取った桜庭は、自身も名刺を渡しながら微笑んだ。

「本、助かりました」

そう言うと、松上の顔にかすかな笑みが浮かんだ。人形のような冷たい印象が少し和《やわ》らぐ。

「いえ、届いたのなら何よりです。本や雑誌は、駅に届けてもすぐに処分されてしまいますから」

「そうなんですか。まあ、また買えば良かったんですが」

桜庭の言葉に、松上の笑みが消えた。

怒らせたか。そう危惧《きぐ》する桜庭に、松上は諭《さと》すように言った。

「書店員としましては、その分のお金で、また新しい本を読んでいただけたら、と思います。私も経験がありますが、なくしたり、汚した本を買い直すのは、気分が良いものではありません」

「確かにそうですね」

なるほどこの女性は本当に本が好きなのだ。そう思って見れば、人形のように白い肌も、化粧っ気のない風貌《ふうぼう》も、まるで文学少女がそのまま大人になったかのようだ。

桜庭が感心していると、松上が軽く頭を下げてきた。引っ詰めた長い髪が、まるで尻尾《しっぽ》のように頭の動きを追っている。

「差し出がましいことを申しました」

「いえ、本当にそうだと思います。改めて、本、ありがとうございました。それで松上さん、私に用事があるそうですが……？」

その言葉に、松上は大きな眼鏡を指で直すと、先ほどまで手を加えていた新刊の陳列台を振り返った。

「桜庭さんから見て、この陳列はどうでしょうか」

桜庭は戸惑いを浮かべて松上を見た。彼女は相変わらず、感情の読めない瞳《ひとみ》で桜庭を見詰めている。

「いや、まあ綺麗《きれい》？　だとは思いますけど、どうして私に？」

「このお店は、桜庭さんくらいの年齢層《ねんれいそう》の、ビジネスマンのお客様が中心なのです。常連の一人として、ご意見を聞けたら助かります。専門的な話ではなく、イメージやパッと見の印象で構いませんので」

常連。その言葉に桜庭は目を見開いた。

仕事の行き帰り、ただ通路の途中にあるからというだけで書店を覗いていた自分が、松上からはそんな風に見えていたなんて、想像もしなかった。同じ駅でも、使っているだけの自分と働いている彼女では、それほど見え方が違うのだ。

「あくまで私の好みですけど、本の判型が食い違ってて雑然とした感じですね。にぎやかには見えますけど、もう少しキチッと縦横《たてよこ》が揃《そろ》っていたほうが、私みたいな理系には相性がいいのかも……」

常連という言葉におだてられたような気分になって、桜庭は気づけば松上の問いに答えていた。松上は顔に理解を浮かべて頷いた。

「参考になります。燕町駅の周りには、プログラム関係の企業も多いですから、雑然としているのは確かに逆効果かもしれません」

会話が快い。桜庭ははっきりとそう思った。一回りも若い女性と話しているのに、まったく苦手な感じがしない。松上の態度の端々から、書籍が好きだということが伝わってくるせいだ。

いくつかの質問を終えて、松上は陳列台から一冊の文庫本を取り上げた。

「桜庭さんはエッセイをよく買われますが、たとえば、こういうタイトルの本はどうでしょうか」

「気にはなりますけど、そうですね、平積《ひらづ》みになっていると、何かちょっと迎合する感じで手に取りづらいかな。これって旅行ものですか？」

「はい。横浜急行《よこはまきゅうこう》が好きな女性作家です」

横浜急行は、東京から横浜方面に向かう私鉄だ。桜庭には縁《えん》のない路線だが、真っ赤に塗られた列車の姿は知っている。表紙のオビにも、私鉄を中心に扱ったエッセイだと書かれている。

桜庭はその本を手に取り、最初のページを開いた。最初の数行、落ち着いた硬質の文体が、目の前の女性と重なった。

「……一冊、頂けますか」

「ありがとうございます」

松上の顔には、かすかに喜色が浮かんでいた。これは、読んだら感想の一つも言わなければならないだろう。それを不思議と楽しみに思いながら、桜庭はふと松上に尋ねた。

「あなたは、中神さんとどういう関係なんですか？」

歳も近そうだし、恋人か、と思わなかったわけではない。けれど、なんとなく違う気がした。

松上は笑みを消し、眼鏡の蔓《つる》を触って、少し考えるような仕草をした。

「中神さんですか。『えきっぷ』で働いていることと、駅の中で絵を描いていることしか知りません。つまり、ただの知り合いということになります」

でも、と松上は続けた。

「その中神さんが、いつか面白いことを言っていました。『知り合い』というのは、いい言葉だと。日常的に付き合うわけではないけれど、お互いに名前を知り合って、だいたいの性格はわかっている。仕事以外でそういう関係を作るのは、なかなか難しいものですから」

確かにそのとおり。桜庭のように、自宅と職場を行き来するだけの生活であればなおさらだ。中神はそういう『知り合い』を、きっとたくさん持っているのだろう。

「私と松上さんは、これで知り合いってことになりますか」

「そういうことになりますね」

桜庭の言葉に、松上はほんのかすかに微笑んだ。

陳列に戻る松上と別れ、桜庭は買ったばかりの文庫本を持ってコンコースに戻った。

中神が変わらず絵を描いていた。その横で、ビニール袋を提げた梅原が、タブレットを覗きこみながら見知らぬ男と話している。よく背筋の伸びた、白いスーツの男だ。

梅原は桜庭に気づくと、ビニール袋を掲げて言った。

「主任、急ぎましょう」

電光掲示板の時計は、昼休みの終了まであと5分を告げていた。

桜庭は白いスーツの男に会釈をして、梅原と肩を並べて自動改札を抜けた。

自由通路を北口に向かいながら、桜庭は梅原に目をやった。

「あの人は？」

「南口のビルに入ってる、白砂《しらすな》ソフトウェアの営業部の人っす」

会社の名前には心当たりがある。何度かコンペで競《せ》り合った商売敵《しょうばいがたき》だ。

「転職でもするのか？」

「そんなんじゃないっすよ。あの人も中神さんの絵のファンで、その繋《つな》がりっす。まあ、うちの会社は俺が抜けても全然へーキでしょうけど」

あからさまな皮肉に、桜庭は苦笑した。

「いまの君が必要だ、とは言えないけどな。いつかは必要になってもらわないと困るんだ」

梅原は驚いた顔をした。怒られた、と感じているのかもしれない。

自由通路を抜け、エスカレーターを降りてすぐオフィスビルに入る。社員証を示してエントランスを抜け、警備員に会釈をしてエレベーターに乗りこんだ。ドアが閉まると、梅原と二人きりになる。

「何を買ってきたんだ？」

「へっ？」

桜庭は、梅原の提げたビニール袋に目をやった。

「弁当だよ」

「『貝まみれ』って駅弁っす。俺、ホタテ好きなんですよ」

「駅弁をオフィスで食うのか？」

「美味《うま》いもんはどこで食っても美味いっすよ」

デパートで駅弁フェアなどやっているぐらいだ。駅弁は列車の中で食べるもの、という桜庭の考えはもう古いのだろう。

「少しは旅行でもした気分になるか」

「へぇ。主任も旅行とかするんですか」

「若い頃はね。いまでもたまに特急に飛び乗りたくなる」

エレベーターの扉が途中階で開いて、別の会社のオフィスワーカーが乗りこんでくる。それで会話は沙汰止みとなった。

知り合い、か。松上の言葉を思い出し、桜庭はそっと梅原の横顔を窺《うかが》った。

梅原とは半年もデスクを並べて仕事をしているのに、好きな物ひとつ知らなかった。

プライベートな会話を交わしたのも、記憶《きおく》にある限り初めてだ。敬語もできていないし、桜庭の世代から見ると少々気安すぎるきらいはあるが、話してみれば異星人でもなんでもなく、普通に話が通じる相手だった。

舞台の黒子に突然色が付いたような感覚を、桜庭はここでも味わっていた。

オフィスに入り、鷲鼻にたっぷりと小言を言われてから席に着いた。隣には、素知らぬふりの梅原が座っている。

デスクの上に載った燕町名物『貝まみれ』の駅弁を見て、桜庭はその場違いさに思わず笑みをこぼしていた。

バレンタインの前日、二月十三日は木曜日で、桜庭は蹌踉《そうろう》とした足取りで駅の自動改札をかき鳴らした。

中神にチョコレートの入手を頼んでから、二日が経っていた。それを手に入れた、というメールが来たので、桜庭は殺気立ったオフィスをトイレに行くふりをして抜け出し、燕町駅のコンコースを訪れていた。

昼休みの時間中とはいえ、嘘《うそ》を吐いて職場を抜け出したことに、桜庭は罪悪感と同時に、悪戯《いたずら》をした子供のような興奮を覚えていた。

中神はいつものようにコンコースの手すりに背を預けていた。彼の細身の姿は遠くからでもよく目立つ。

しかしこの日は少し様子が違っていた。手にはタブレットを持っておらず、薄手のダウンジャケットの前面に、白い布が垂れ下がっている。近づくと、中神が右手を包帯で覆《おお》い、三角巾で吊《つ》っているのだとわかった。

「こんにちは、中神さん。……それ、どうされたんですか」

「おつかれさまです、桜庭さん」

中神の頬に、照れたような色が浮かんだ。

「見た目ほど大したことはないんですよ。ただの打撲《だぼく》で、医者が大げさにギプスを巻いちゃって。二、三日で取れるらしいけど、絵を描けないのが困ります」

「まったくバカなんだから」

不意に女性の声が割りこんできた。中神から、少し離れて携帯をいじっていた女性が、眦《まなじり》を吊り上げてこちらを見ていた。

背丈も体型もコンパクトな女性だが、纏っている雰囲気は大人のそれだ。冬だというのにホットパンツに黒のタイツで脚線を見せ、上はオレンジのタイトなセーターに薄手のハーフコートという活動的ないでたちをしている。短めの髪に色が入っていないのが、逆に違和感を覚えるような女性だった。

近寄ってきた彼女は、いちど中神の包帯に目をやって、それから桜庭を見上げてきた。その手には、桜庭の依頼したチョコレート・ショップの紙袋が提がっていた。

「この人、朝っぱらから喧嘩《けんか》の仲裁して、重い鞄でぶん殴られたんですよ。犯人は逃げちゃうし、助けた相手のほうもふて腐れてお礼一つ言いやしない。結局、怪我《けが》は自分持ち。警察にも『余計なことするな』って怒られて」

バカみたい。またそう言って、彼女は桜庭に軽く頭を下げた。

「どうもこんにちは。『えきっぷ』で働いている林です。これ、頼まれたチョコです」

「桜庭です。ありがとうございます」

突き出された紙袋を、桜庭は慌てて受け取った。林は言葉も動作もテンポが速くて、桜庭は礼を言うのがやっとだった。

「週に五日は『えきっぷ』のフラワーショップにいますので、良かったらご利用ください。でも気になっちゃうな。桜庭さんぐらいの歳の男の人と、ショコラティエ特製、っていう組み合わせ。参考までに聞かせていただきたいんですけど、やっぱり自分へのご褒美《ほうび》ですか？　それとも、どなたかにプレゼントですか？」

バレンタイン・チョコレートを頼んだ、という特殊な事情のせいか、それとも元からそういう性格なのか、林の態度は気安かった。桜庭は目を白黒させて答える。

「いや、娘にね。誰かあげる人がいるみたいで」

「そうですか！　娘さん、おいくつですか？　お父《とう》さんにチョコ買ってきてもらうって、それすっごく頼られてますよ。普通、女の子が誰かにチョコあげることなんて、父親に知られたくないですもん」

「そう、なのかな。娘はね、十六です」

「思春期ですねー。ああ、懐《なつ》かしいなあ。私、女子高だったから、そういう告白したりされたりって、憧《あこが》れてたんですよね」

明るく微笑んでこちらを見上げ、矢継ぎ早に話す林は、本人の小柄さも相まってまるで兎だ。外見は女子高生ぐらいに見えるから、娘の友達と話しているような気分になってしまう。

松上の落ち着いた物言いとは正反対だが、これはこれで、楽しいとまでは思えないが不快ではなかった。

「林さんは、今日は休日ですか？　わざわざすいません」

「いえ、私、この駅のすぐ近くに住んでるんで、全然平気です。私もチョコレート見たかったんで、ちょうど良かったですよ」

「林さんも、誰かにチョコレートをあげるんですか」

妻からもらったチョコレートに舞《ま》い上がった記憶。それを思い起こしながら、桜庭は尋ねた。

林は、一瞬、視線をそらして答える。

「まあ、義理ぐらいは。こんな高いのあげる相手はいないですけど」

「ああ、そういえばお金を」

危うく忘れるところだったと、桜庭は財布を取り出した。代金は四千円。十六の娘が想《おも》い人《びと》に渡すものとしては、いかにも高い。育て方を間違っただろうか、と思いかけて、桜庭の顔に苦笑が浮かんだ。育て方も何も、娘の教育や進路に桜庭が関《かか》わったことはない。すべて妻の奈緒子に任せきりだった。

桜庭は、いま娘が通っている学校の名前も知らないのだ。

千円札を四枚渡し、それを林がホワイトレザーの財布にしまう。財布には、白い流線型の列車のピンバッジが付いていた。

「それじゃ私はお暇《いとま》しますけど、桜庭さんからも、中神に何か言ってやってください。怪我するのも一度や二度じゃないんだから」

林は中神の吊った腕を見て言うと、桜庭には会釈を、中神にはきつい視線を向けてから、改札を出ていった。

態度はきついが、中神のことを心配していた彼女に、桜庭は好感を覚えていた。

「仲、良いんですね」

「林さんにはずっとフォローしてもらって、頭が上がらないんです。今日も、病院に付いてきてくれて」

桜庭の言葉に、中神はギプスを嵌《は》めていないほうの手で頭を掻いた。あれこれと渋る中神を、林が強引に引っ張っていったのが目に見えるようだ。

桜庭はあの雪の日、駅員を殴ろうとしたスーツの男を止めた、中神の鮮《あざ》やかな手際を思い出していた。

あのときは中神に反感を覚えた。内心、偽善者のええかっこしい、と軽蔑していた。だが、あれは一度きりの気まぐれではなかったらしい。

「喧嘩を止めても、自分が怪我なんかして、警察に怒られたら丸損じゃないですか。気を付けてくださいよ」

桜庭の心配に、中神はただ、照れくさそうな微笑みを顔に浮かべている。こうして見ている限り、その姿は格好付けだの、正義感だのという言葉からは無縁に思える。

「そういえば、見ましたよ。私の背中の入った絵」

その絵は、昨日、『背中』という題で中神のホームページに掲載されていた。

人が影《かげ》のように行き交うコンコースで、黒いコートの背中が『えきっぷ』のチョコレート色の垂れ幕を見上げ、いまにも歩き出そうとしている一情景。古めかしい水彩画の厚塗り風で、デジタルで描かれたとは思えない、まるで絵本の一頁《ページ》のようなイラストになっていた。

いい絵だった。思えば、あの一歩が転機だったのだ。ぎりぎりまで追い詰められていた自分が、久しぶりに背筋を伸ばした日。

中神は気づいていないだろうが、あのとき確かに自分は救われたのだ。

「職場のパソコンの壁紙《かべがみ》にしてます。絵のモデルになるなんて初めてですけど、なんというかな。たくさんの人に背中を見られている気になって……、そう。身が、引《ひ》きしまります」

桜庭の言葉に、中神の顔から笑みが消えた。何かまずいことを言ったかと思っていると、真剣な表情になった彼は、まっすぐ桜庭を見詰めてきた。

「良かった」

くしゃり、と中神の顔がほころんだ。そこに浮かんでいたのは安堵《あんど》だった。それがどういう意味なのか、桜庭が問うより先に、中神が言った。

「もう、死ぬ気はなくなりましたか」


チョコレート・ショップの紙袋を駅のロッカーに預け、オフィスに戻った桜庭は、隣のデスクで根を詰めている梅原に尋ねた。

「君か？」

「なんです、主任？」

いや、と桜庭は首を振って席に着こうとした。そこに、鷲鼻の上司の声がオフィス中に響き渡った。

「おい桜庭。お前ふざけてんのか？　ちょっと来い」

何年も怒鳴り続けられたせいで、反射的に身体が震えた。桜庭は何も言わず、奥の上司のデスクの前に立つ。

「長いトイレだと思ったら、外に出たって？　一人でステーキでも食ってきたのか？　全社一丸となって邁進《まいしん》しているときに、なんだってお前はそう我《わ》が儘《まま》なんだ。いいか、このプロジェクトには、我が社の未来が掛かってるんだぞ。必死になれよ！」

正面から、肥《こ》えた顔を真っ赤にした男の怒声が浴びせかけられる。背中には、梅原と新人たちの視線を感じていた。

頭を下げて、心を凍らせておけば、そのうち嵐《あらし》は去る。それが、この数年で桜庭が学んだ処世術だ。それで駄目ならまた土下座でもすればいい。反駁《はんばく》すれば長くなり、そのぶん仕事の時間を奪われるだけだ。早くデスクに戻りたい。モニターの前でキーボードを叩いているあいだだけは、何もかも忘れられる。

ただ、背中だけが、錐《きり》でもねじこまれたように痛かった。

「あなたのことを、元気づけてあげてほしいと頼まれたんですよ」

誰に、とは中神は言わなかった。

「あなたがいつ死んでもいい、と思っていることはすぐにわかりました。長年、駅で写生なんかしていると、少しは人を見る目が付くようで。でも、俺はあなたの会社のことも、家族のことも何も知らない。俺が知ってるのは駅のことだけです」

だから、忘れ物をした本を届けるふりをして、中神の「知り合い」に引きずりこんだ。そうして紐《ひも》を付けたのだ、と中神は言った。

「気休めです。俺にはそれしかできないから。ただ、知り合いの働いてる駅では、飛びこみづらくなるんじゃないかって思って」

騙《だま》していたことを謝《あやま》るように、中神は申し訳なさそうに言った。

確かに彼がやったことは、駅の中で桜庭に話しかけた、ただそれだけだ。

けれどその結果、桜庭は救われた。彼を追い詰めた状況は変わっていないが、駅で中神や松上の姿を見ることで、いつしか死の誘惑は大きく薄まっていた。

「君は、どうしてこんなことをしてるんだ」

だが、感謝《かんしゃ》するより先に、桜庭は責めるような口調で中神に問うていた。

喧嘩の仲裁だけではない。頼まれたとはいえ、見ず知らずの他人に「死にそうだから」と干渉するなら、ただのお節介では済まない。下手《へた》をすれば、その人の人生にまで責任を負うことになる。

いやあ、と中神は答えづらそうにはにかんだ。

「誰だって、自分の居場所を少しでも気持ちいい場所にしたいでしょう?」

その言葉に、桜庭はあたりを見回していた。

自動改札機の奏でるメロディ。ひっきりなしのアナウンス。それに導《みちび》かれるように、影の大群のような人々が靴音を響かせる、広大なコンコース。

「居場所？　ここは、駅だろう」

一日に何十万人という人が乗り降りする、巨大なターミナル駅。そこは多くの人にとって、ただただ通り過ぎるだけの場所だ。「居場所」という言葉が、これほどそぐわない場所もないだろう。

その膨大《ぼうだい》な人の流れの中で、中神の努力は大河の一滴にも等しい。誰かを助けたところで、その誰かは二度と駅には来ないかもしれないのだ。

中神は柔らかく微笑んだ。文庫本を渡されたときの、あの微笑みだ。思わず桜庭も微笑み返してしまいそうになる。

「だからですよ。駅っていうのは、みんなが集まる場所ですから」

通り過ぎる場所ではなく、集まる場所。そう言って、中神は自動改札機と靴音の奏でる協奏曲に、耳を傾けていた。


好きなプログラミングだけして、生きていければいいと思っていた。

けれど、それが努力をしない言い訳だと、会社と仕事に甘えていたのだと、桜庭はそのときようやく気が付いた。

背中に、新人たちの視線を感じる。幾度となく上司に怒鳴られ、土下座をしたことも一度や二度ではない。そのたびに、彼らはどんな思いで自分の情けない背中を見詰めていたことだろう。

桜庭はいつのまにか、嵐に立ち向かうことを止めていた。頭を下げ、嵐がただ過ぎ去っていくのを、祈るように待つことしかできなくなっていた。

けれど、『自分一人が頑張ったところで、何かが変わるはずがない』そんなありきたりなメソッドは、中神が間違いだと証明してくれた。

俺だって、まだ背筋を伸ばすことを忘れたわけじゃない。

あの絵のように。

「課長《かちょう》」

桜庭は、鷲鼻を正面に見て、すっくと背を伸ばした。するとどういうわけか、上司の身体が一回り縮《ちぢ》んだように見えた。

「納期前の修羅場《しゅらば》に缶詰になるのは仕方ありません。ですが、滑り出しの時期くらいは規定の休憩《きゅうけい》時間は取らせてください。結果的にはそのほうが能率は上がると思います。それと私一人では仕事はもう回りません。今日から全員に残業してもらいます。我が社の未来が掛かっているというなら、相応の態勢を整えるべきじゃないでしょうか」

「ふざけるな！　てめえに労務管理の何がわかる！」

狂ったように喚《わめ》く鷲鼻の声に、思わず腰が砕けそうになる。しかし立ち続けていられたのは、背中にくくりついた紐のおかげだ。

中神が、松上が、梅原が俺の背中を見ている。それに、ここで鷲鼻に屈したら、間違いなく今日は泊まりになる。ロッカーに入れたチョコレートはどうなる。娘は失望するだろう。わざわざ手に入れてくれた林にも申し訳が立たない。

鷲鼻の怒号は続いていた。彼は強引なリストラと残業代カットが社長に認められていまの地位にいる。その代わりに、名ばかり管理職の桜庭を酷使し続けてきたのだ。新人たちに規定の残業代を払えば、鷲鼻の立場はなくなる。

「いいか桜庭、新人に大事な仕事を任せて、お前が責任を取れんのか！」

その責任という言葉から、必死に逃げ回っていた我が人生。桜庭は鷲鼻の上司に見せつけるように苦笑した。中神の腕の怪我を思い出す。彼は、少なくとも責任から逃げたりはしていない。「誰か」に頼まれ、見ず知らずの桜庭を、自分の責任で救ってくれた奇特な変人だ。

「責任なら取ります。ソフトウェアに関しては私に任せてください」

そう言った瞬間、背中がズンと重くなった。新人たちの視線が、紐から鉄の鎖《くさり》に変わった。けれどその重みが、桜庭を支えてくれる。逃げようとする心を、この場につなぎ止めていてくれる。

鷲鼻は絶句した。そして真っ赤な顔をして立ち上がり、オフィスを出ていった。社長にご注進に行くのだろう。

「主任」

梅原の声だった。桜庭は振り向いた。そのとたん、新人たちの視線を真っ向から浴びる。その中には、疑念も、当惑も、軽蔑もあったが、決してそれだけではなかった。

「すいません、わからないことがあるんですけど、ここの引数《ひきすう》が……」

「主任、ＪＡＶＡ1.4のライブラリって……」

「添付する説明書の文法って、これで合ってますか？」

この一瞬で、変わり身の早い新人たちは、桜庭の認識を「敵」から「味方」に１８０度転換したらしい。矢継ぎ早の質問攻勢に、桜庭はたじたじとなりながらも的確な答えを与えてゆく。

さっさと帰りたがるのかと思っていたこいつらも、残業代をろくに出してくれない会社に不満を抱いていただけだったのだ。見方が変われば世界が変わる。そのことを桜庭は強く思い知った。

ホウセンカの種が弾《はじ》けたように、オフィスには活気が満ちはじめた。


鳩ノ台の自宅。

桜庭は娘の部屋《へや》のドアをそっと叩いた。

待つほどのこともなく、ドアはガチャリと開いた。

「……何？」

険の籠もった目で、部屋着を着た娘の友加里が桜庭を見上げてくる。その姿を見て、桜庭はどきりとした。まるで、知らない少女のように見えたのだ。

「これ、父さんに頼んだだろう」

チョコレート・ショップのロゴが入った紙袋を、桜庭は娘に手渡した。

かすかな驚きを顔に浮かべて、友加里は袋を受け取った。

「お金、払うよ。ちょっと待って」

「四千円だぞ？　持ってるのか」

「アルバイトしてるから。……知らなかったでしょ」

棘《とげ》のある声が返ってくる。桜庭は胸に強い痛みを感じた。

俺は、家族という責任からも逃げ続けていたんだ。そのことを桜庭は思い知る。もう何年も、娘とは家ですれ違うだけの他人だった。

「五千円札しかないいんだけど、お釣りある？」

「あ、ああ」

財布を持ってきた友加里が、ドアを少し広く開いた。記憶にある限り初めて見る娘の部屋は、綺麗に整頓《せいとん》されていた。年頃の少女らしい調度の中で、ガラステーブルの上に置かれたノートパソコンが異彩を放っている。背面にシールが貼ってあるところを見ると、使いこまれているようだ。

「パソコンなんか持ってたのか。アルバイトで買ったのか？」

「そう。父さんの無線ＬＡＮ、使わせてもらってる」

「それは構わんが……」

いまも使っていたところなのだろう。パソコンの画面にデスクトップが表示されているのが見えた。壁紙になっているのは、一枚のイラストだった。

見覚えのあるスーツの背中が、娘のパソコンの中で、背筋を伸ばしてチョコレート色の垂れ幕を見上げていた。

桜庭の差し出した千円札を、友加里は「ん」と単音一つで受け取って、そのまま白いドアは閉められた。


翌日。二月十四日。

桜庭はいつものように朝残業をするため六時に起きた。いつもと違うのは、今日は新人たちも早出してくることになっている。

一階に降り、そのまま玄関を出ようとした桜庭を、妻の奈緒子が呼び止めた。

「あなた、ちょっと」

冷たい声だった。この時間に妻が起きていることを訝《いぶか》りながら、桜庭はリビングに入る。

早朝のリビングは、静かだった。妻がいるときはいつも点《つ》いている、テレビの音がしないせいだ。

「友加里に何か言ったの？」

テーブルの上には、綺麗な包装紙に包まれた箱があった。その上に、紙が一枚載っている。見覚えのある女文字で、こうあった。

『二人で食べてね。結婚記念日おめでとう』

桜庭は呆然《ぼうぜん》とその文字を眺めていた。

もう何年も意識したことはなかったが、バレンタイン・デイは桜庭と奈緒子が役所に婚姻届を出した記念日だ。

新婚の頃は妻と二人、毎年チョコレート・ケーキを用意して祝っていた。あの頃の妻のはにかんだ笑顔を、桜庭はまざまざと思い出していた。

立ち尽くした桜庭に、奈緒子は呆れたように席を立った。

「コーヒー淹《い》れてくるわ。それぐらいの時間はあるでしょう?」

一粒五百円のチョコレートを、桜庭は妻と一緒に味わった。甘さよりも苦みを練り上げたチョコレートは、口の中でねっとりと溶けて重厚な味わいを残した。

桜庭は、妻に娘の近況を聞いた。娘が都内の高校に通い、毎日燕町駅で乗り換えていることを初めて知った。桜庭のしょぼくれた背中を、娘は見ていたに違いない。

娘の成長を喜ぶ気持ちが、後悔と共にわき上がり、桜庭はこみ上げる涙を堪《こら》えた。

そんな夫を、妻は意外そうに、口元をわずかに緩《ゆる》めて見守っていた。

「それじゃ、行ってくる」

「いってらっしゃい」

何年かぶりに妻と言葉を交わして家を出た。

桜庭は、駅への道を小走りに急ぎながら、甘い想いを噛《か》みしめた。

昼休みに会社を抜け出して、『えきっぷ』でチョコレートを買ってこよう。今日はバレンタインのお祭りだ。旦那《だんな》が妻に渡したって悪くはあるまい。

それにしても、しばらく娘には頭が上がりそうにない。

第二話

視線

また見られている。

両手にネモフィラの鉢植えを一つずつ抱えた林夏澄《はやしかすみ》は、忙《せわ》しく開店準備に勤《いそ》しみながら、そっと楓広場《かえでひろば》を窺った。

燕町駅『えきっぷ』の中には、楓の大樹が植わっている。周囲にベンチを巡らせた樹が、春の芽吹きを始めていた。ベンチの色は、エスカレーターと同じ紅殻色。そこに座ると、六角形の『えきっぷ』をよく見渡せる。

この楓の大樹は、ここが駅の中だということを忘れさせる、大切な舞台装置だ。駅の中に大きな樹があることに驚く人も多い。『えきっぷ』は線路に架かった橋の上にあるから、床の下には間断なく列車が走っている。根の問題から始まって、枝葉の剪定《せんてい》、落ち葉の処理など、様々な課題を駅と協力して一つ一つ解決していった結果だ。

そんな苦労の甲斐《かい》があってか、楓広場のベンチは人気だ。どんな時間でも誰かが座り、楓の木に背を向けて『えきっぷ』の風景を楽しんでいる。

そのベンチに、この日も朝から背の高い少女が座っていた。スマホをいじるふりをして、広場から目と鼻の先にある花屋『Blue blossom』の様子を観察している。

否。彼女が観察しているのは、店の様子ではない。林夏澄という一人の店員だった。

その視線に気づいてから、もう一週間になるだろうか。不埒《ふらち》な男の視線とは違う、ちりちりと首筋が痺《しび》れるような敵意を感じる視線だ。もちろん林はその少女を知らない。そんな目をされる覚えもなかった。

　店頭の切り花のバケツを整え、ネモフィラの鉢植えをその隙間《すきま》に設置して、林は浮いた汗を手で拭《ぬぐ》った。春の花はただでさえ香りが強いのに、今日は四月のくせに初夏のような暑さで、空調も間に合っていない。花たちは、ここぞとばかりに芳醇《ほうじゅん》な香りを振りまき、通行人がその香りに鼻を鳴らして何度も足を止めている。慣れているはずの林でも、暑さとあいまって軽い目眩《めまい》を覚えるほどだ。

「おつかれさまですー、先輩。これで全部です？」

　早番の同僚アルバイトが言葉と共に差し出したミネラルウォーターを受け取った林は、それを一気に半分まで飲み干した。ハンカチでペットボトルの口と自分の口元を拭い、礼を言って同僚に返す。

「あとは大物ね。台車借りてこないと。奈田《なだ》さん、行ってくれる？」

「はァーい！」

　明るくて、少し天然なところのある同僚の奈田は、長身で豊満、まるでグラビアアイドルのようなスタイルをしている女性だ。肩まである黒髪は緩いウェーブで、白の襟付きシャツにチノパンツという地味な格好も、彼女がすると華やかに見える。

歳は二十一で、林より五つ下だが、小柄な林よりも頭半分以上背が高く、並ぶと見上げて話をしなければいけないのが悩みのタネだ。

林も奈田と同じ格好をしていて、二人とも腰巻きのようにお洒落《しやれ》なエプロンを着けている。全体の色は白と黒のモノトーン。町の花屋のような分厚いエプロンは、柔らかな『えきっぷ』の雰囲気にはそぐわない。その分、土汚れには非常に気を遣《つか》う。清潔感のあるモノトーンの制服は気に入っているが、長い爪《つめ》が禁止されているのは残念だった。ネイルアートは東京に来てやってみたいことの一つだったが、いまだ果たせないでいる。力仕事の花屋はすぐ汗を掻くから、メイクも最小限で済ませている。

『Blue blossom』はエキナカという特殊な立地のせいで、男性客が非常に多い。オフィスビルが建ち並ぶ土地柄か、格好のいいビジネスマンも多く訪れる。女の魅力《みりょく》ではなく花の魅力を売るのだとわかっていても、彼らの前で、ほとんどすっぴんのようなナチュラルメイクで接客するのは勇気が要った。

けれどそれも、最初の半年で慣れた。林は、もうこの店に勤めて四年になる。店も従業員も入れ代わりの激しい『えきっぷ』ではベテランの域だ。

林の細い指が、店頭の色とりどりの切り花を整える。ちょうど通路の真ん中から見たときに、花弁が綺麗に開いているように角度を調整するのだ。毎朝の仕事だから林の手はほとんど自動的に動き、そのあいだも自分に注視する視線を意識していた。

このところ林が早番の日には、毎日その少女は現れて、開店30分前から広場のベンチに座り、林をじっと観察している。顎《あご》も顔の形も細くて、いかにもプライドの高そうな目をした女の子。たぶん上等な美容院で整えているのだろう、肩口で綺麗に切り揃えられ、かすかに茶の入った髪には上品な艶《つや》がある。普段は焦《こ》げ茶色《ちゃいろ》のセーラー服を着ているから、現役の女子高生なのだろう。

今日は土曜日で、少女は私服だった。明るいクリーム色のチュニックに、膝丈《ひざたけ》のデニムのスカート。その下は、まだ四月だというのに生足だ。制服を着ているとお堅い優等生に見えるけれど、私服は身体のラインがわかる薄手で、アクセも派手《はで》気味。ちょっと遊んでいる風がある。左手にはスマホを持っているが、視線は『Blue blossom』に向いている。彼女が現れて今日で約一週間。何か話しかけてくるでもなく、ただじっと開店準備をする林の姿を見詰めていた。

「先ぱぁーい。これでいいです？」

大ぶりの鉢植えを載せた台車をガラガラと押して、同僚の奈田がバックヤードからまっすぐやって来る。その声を聞いて、林は我に返って腕時計を見た。

「やば！　あと5分！」

「ですよー!」

林は奈田と一緒に緑に覆われた店内に駆けこみ、レジチェック、備品チェックを慌ただしく終えた。足りない十円玉をビニールパックから崩しているうちに、『えきっぷ』に八時の鐘《かね》の音が響きわたる。

『えきっぷ』には七時から開いているショップもあるが、ほとんどが八時開店だ。『えきっぷ』の社員が「いらっしゃいませ!」と声を張り上げながら一斉に店頭のパーティションを取り除き、その端から客が流れこんでくる。

ここから一時間が朝のピークだ。『Blue blossom』の店頭にも、通勤客がひっきりなしに訪れる。この時間は常連が多い。通勤途中、エキナカに気楽に寄れる花屋ができたことで、職場に花を飾ることを覚えた人たちだ。

「お早《はよ》う。今日も元気ねー。あら、綺麗なパンジー」

ベージュの上品なスーツを着こんだ中年女性は、駅近くのインテリジェントビルに入っている外資系証券会社の部長だ。独身で生活に華がないから、代わりに本物の花を飾るのだと、口癖のように言っている。

「パンジー、季節の花ですからオススメですよ。ちょっとオフィスに飾るには派手になっちゃうと思いますけど」

「でも可愛《かわい》いわよね。パンジーって、小学生の頃に花壇《かだん》にいっぱい植わってたから、懐かしいわ。栽培委員だったのよ、私」

「花壇みたいに、ベランダにいっぱい並べちゃいます？　なんでしたらプランターも販売していますよ」

「林さんはほんと、押しが強いわよね。帰りにまた寄るわ」

スーツの女性は手を振って出ていった。彼女は今日の仕事をこなしながら、パンジーの鉢植えを買うかどうか、楽しく悩むのだろう。

「おや、今日は林さんがいたかい。妻が春の香りのする花が欲しいと言っていたんだが、何かあるかね」

次にやって来たのは、燕町駅の近くに住んでいる初老の男性だ。この駅から列車で沿岸部の工場に通っている。いつも、行きがけに林に花のリクエストを投げて、帰り際にその答えを受け取っていくのを楽しみにしている。

「香りですか。それならこちらのスミレなんかどうでしょう。ニオイスミレという品種で、とても上品な香りがしますよ」

老人の顔が柔らかくほころんだ。

「ほっ、スミレかね。長野《ながの》に住んでいた頃は、そこらの土手にいくらでも生えていたがね……。町住まいの妻に、見せてやるのもいいかもしれんね」

「それじゃあ、ご用意しておきますね。いってらっしゃいませ」

「ああ、ありがとう」

四年も勤めていると顔見知りも増え、こうして接客の会話も弾む。その短いやりとりのあいだ、林の顔には満面の笑みが浮かんでいる。そんな林を、奈田が尊敬するような目で見詰めてくるのが気恥ずかしい。

開店から九時までの一時間、林はずっと忙しく動き回っている。ピークが終わって一息つき、店の外に出る頃には、あの少女の姿は消えているのが常だった。

だがその日は違っていた。店頭に出た林は、すぐ横にクリーム色のチュニックを着た少女が立っていることに気づく。小柄な林より、少女はこぶし一つほど背が高かった。

彼女は林の姿を認めると、なでていたバラの花弁をクシャリ、と握りつぶした。

「ねえ、アンタ、林夏澄」

商品の損壊《そんかい》といきなりの呼び捨てに、林は目を丸くした。

「なんでしょうか、お客様」

少女は、返事の代わりにスマホを掲げた。カシャッ、と小さな音がして、写真を撮《と》られたのだとわかった。あからさまな敵意に怒りがこみ上げる。

「ねえ、こんな顔、こんなカッコで恥ずかしくないの？　相応しくないよ、アンタ」

少女はぐいと林に顔を近づけ、軽蔑するような笑みをその顔に浮かべた。

「仁志《ひとし》と別れて。いますぐ。仁志をこれ以上拘束《こうそく》しないで」

その名前を聞いた瞬間、林の心は凍りついていた。

「ほら、電話しなさいよ。別れるって、ここで！」

花屋の店頭で黙《だま》りこんだ林を、少女はかさに懸かって責め立てる。

『えきっぷ』の出入口は駅のコンコースに直結している。人の熱気に温められた空気が入りこんできて、春先でも動いていると暑さを感じるほどだ。林の長袖《ながそで》のシャツは、汗で肌に張りついている。

けれど、林はその熱を感じていなかった。身体の底から寒気が這い上がってくる。

少女の放った忌《い》まわしい名前に、視界が暗くなっていく。

どうして、いまになって。呪詛《じゅそ》のような思いが、林の頭を埋め尽くした。恐怖が全身を縛《しば》り上げていく。つい先ほどまで実感していた花屋の仕事の楽しさが、まるではるかな過去のように遠ざかっていく。

そのとき、視界の隅に一人の男の姿が映った。

広場のベンチに座る、長袖のデニムシャツを軽快そうに羽織《はお》った細身の男。中神幸二。エキナカでいつも絵を描いている変人だ。タブレットを持っているが、ペンの動きは止まっていた。こちらを見ていて、いまにも腰を浮かしてやって来そうな気配だ。いけない。林は反射的にそう思った。あの男は、エキナカでトラブルが起きるといつもそこにいる。観察力とか、気配を読む感覚が鋭《するど》いのだろう。そしてそれを止めようとして、怪我を負ったり、ひどい言葉を浴びせられるのを、林は何度も見てきた。それでも彼はまったくめげる様子がない。常識外れのお節介だ。

林を睨みつけてくる少女の目は、若く純粋な怒りに染まっていた。背中の毛をビンビンに逆立てた白猫のようで、いつ爪を立ててくるかわからない。その爪が万が一、中神に振るわれるようなことがあったら、林は何より自分が許せないだろう。若い女には物理的な暴力だけではない、いろいろな武器があるのだ。

いつのまにか、林の視界に明るさが戻っていた。『えきっぷ』の天井《てんじょう》から射しこむ春の日差しだ。同時に感じたのは、四年間ですっかり馴染《なじ》み、林自身の体臭にも混じってしまった花の匂い。

私は変わった。四年前、この駅で捨て猫のように怯《おび》えきって身体を丸めていたあのときから、少しは成長したはずだ。捨てたはずの過去が追いかけてきたって、そう簡《かん》単《たん》に負けたりしない。

　林は少女を見詰め直した。背丈では負けているとはいえ、相手はただの女子高生。林から見れば、子供のようなものだ。

「380円になります。お支払いくださいませ、お客様」

　林は言った。そして少女に花弁を握りつぶされたバラを取り、一本きりの花束に仕立てていく。お腹《なか》の底の怯えを隠すため、林が選んだのは花屋の店員に徹することだった。四年の間、懸命に働いてきた経験が、半ば自動的に林の身体を動かしてくれる。

「はァ？　あたしの話聞いてるわけ？　耳付いてるの？」

「お買い上げいただけないんだったら、器物損壊で警察に突き出すわよ。ほら、早く。それとも営業妨害のほうがいい？」

　林は無残に潰れた花の茎に、透明なビニールを巻きつけて、少女に手渡した。少女は気圧《けお》されたように、それを受け取ってしまう。

「380円になります」

「ふざけないでよ！」

　少女のただならぬ様子に、『えきっぷ』の通行人が足を止めていた。中神のほうが気になったが、林は目をそらせない。そらした瞬間、襲いかかってきそうな、危なっかしい雰囲気が少女にはあった。

緊張が高まっていく。林のシャツの背中に嫌な汗がにじんだ。もし客と暴力沙汰にでもなれば、事情はどうあれ林はクビだろう。けれど、あの男の名前を出した女に、折れるわけにはいかなかった。

「すみません、どうかされましたか？」

低く落ち着いた声が、睨み合う二人の身体を震わせた。声の主は、制服に身を固めた警備員だった。そこに至って、少女の強情もついに崩れた。

「なんでもないです！」

少女は千円札を林に叩きつけ、釣りも受け取らずに『えきっぷ』から走って出ていった。ちらりと見えた財布は、林の給料では手も出ないようなブランド物だった。

「林さん？　大丈夫ですか」

顔見知りの警備員が、青い顔をした林に話しかけてくる。絹野《きぬの》という、五十を過ぎたベテランだ。助けてくれたのが中神でなかったことに、林は安堵と同時にかすかな不満も覚えていた。

「……はい、大丈夫です。なんでもありません。ありがとうございます」

「そうですか。じゃあ、私は戻りますから、何かあったら」

絹野が帽子の庇《ひさし》に手を当てて去っていく。林はその背中に会釈をして、周囲を見回した。『えきっぷ』の一階には中神の姿はなかった。

お腹の底にじっとりと恐怖が張りついているのを感じたまま、林は店の中に戻った。

騒動《そうどう》の間も客の相手をしていた奈田が、それに気づいてのんびりと話しかけてくる。

「先輩、お友達です？　店先で喧嘩したら、社員さんに怒られちゃいますよー」

「あはは……、ごめんね」

奈田の呑気《のんき》な声に、林はぎこちない笑顔で応じて仕事に戻った。

シフトが終わるまでの六時間を、これほど長く感じたのは初めてだった。


バッグ一つを膝に乗せて、林はホームのベンチに座っていた。

夕方のぬるい空気を引っぱたくような風の圧力を従えて、白い流線型をした列車がホームに滑りこんでくる。カモノハシのようにえらの張ったユーモラスな顔つきは、最新型のS700系、博多《はかた》行きだ。林はこの列車の大ファンで、仕事上がりに暇があると、入場券を買ってホームで列車を眺めている。初代の丸鼻のS0系や、子供時代に慣れ親しんだ細目のS300系にも魅力は感じるが、S700系には特別な思い入れがある。

四年前。林はこの列車に乗って、生まれ育った名古屋《なごや》から逃げ出した。彼女にとって、このカモノハシの列車は自由と解放の象徴だった。

長大な編成《へんせい》の白い列車がスムースに減速して停《と》まると、ホームドアが開き、一拍遅れて列車のドアが開いた。車内の気密を示す、かすかな空気の噴出音《ふんしゅつおん》。東京にほど近い燕町では、降りる客はほとんどいない。代わりに客が次々と乗りこんでいく。土曜日だというのにこれから出張という様子のビジネスマンもいれば、東京土産を大事そうに抱えているおばさん、京都《きょうと》や姫路《ひめじ》のガイドブックを持って、楽しげに話している家族連れもいる。

林は、思わず立ち上がっていた。吸いこまれるようにホームドアに近寄る。

列車監視をしている駅員が、「乗るの？」という風に林を見た。

その視線に我に返って、愛想笑いを浮かべてベンチに戻る。

「……はぁ」

ため息を吐き、バッグを抱くように身体を丸めた。膝の上に肘《ひじ》を乗せ、手のひらの上に顎を乗せる。そんな格好で、林はぼんやりと走り出す白い列車を眺めていた。

「ここにいた」

冷ややかな女性の声がして、ベンチの隣に誰かが座った。林は顔を上げない。それが誰かは声でわかった。

「何か用？」

「用はない。ただ、奈田さんが心配していたわ」

「あの子に心配されるのは嬉しいけど、もしかして利香も心配してくれてるの？」

「そう見える？」

林はようやく、のろのろと視線をベンチの隣に動かした。

分厚い眼鏡を掛けた、細身の女性だ。仕事中は纏めているロングの黒髪を下ろし、人形のようにひんやりした瞳でこちらを見詰めている。奈田ほどではないが、彼女も背が高い。視線はやや上から被さるように降ってくる。

「あんまり。からかいに来たの？」

「暇だから」

『えきっぷ』の書店で働く松上利香は、林の気の置けない友人だ。歳も近いし、東京ではたった一人、林が名古屋から逃げてきた事情を知る相手でもある。酔っ払った果てにこぼしたことを、林はいまでも後悔しているが。

仕事上がりなのだろう、仕事着そのままといった感じのモノトーンの上下を着こんだ彼女は、林が迷惑そうな顔をしても、構わず物言いたげな視線を送ってくる。

本のこと以外には口下手で、けれど意外と押しが強い。そんな友人は、いまも頑として動きそうになかった。林はため息を吐く。

「……仕方ない、お暇な利香に付き合ったげるわ。『カフェ・ソンブラ』で、何かスイーツでも食べましょう」

「疲れたときには甘いもの。いいと思う」

松上はそう言いながら立ち上がり、さっさとホームを歩き出した。

もちろん林にもわかっている。ただ暇だからというだけで、わざわざ入場券を買ってまで捜しにくるわけがない。携帯で呼び出せば済むことだ。

白い列車がまた、ホームにするすると滑りこんでくる。それを一瞥《いちべつ》して、林は素直になれない自分を恥じながら、松上の背中を追った。


望月《もちづき》仁志は、林夏澄の婚約者である。婚約破棄をした覚えはないから、四年が経ったいまでもそのはずだった。

「その婚約者と、別れろと」

アイスコーヒーにストローを刺して混ぜながら、松上が静かに言った。感情を顔に出さない彼女には珍しく、わずかに呆《あき》れた気配が漂っている。

「そ。でも明らかに未成年なのよ、その子。それに一週間も私のことじっと見てて。ストーカーじゃないかと思ったくらい」

林はリンゴジャムの載った鮮やかなクリーム色のエッグタルトを切り分けて、口に運ぶ。

二人がいるのは『えきっぷ』の一階にあるカフェだ。間口が狭く、奥に入るとまるで地下室のような空間が広がっている。黒を基調にした内装に、控えめな間接照明がムードを作っている。銀座《ぎんざ》とは言わないが、新宿《しんじゅく》くらいの洒落たカフェにいるような気分にさせてくれる、林のお気に入りの場所だった。

時刻は五時過ぎ。客はまばらで、話を誰かに聞かれる心配はいらなかった。

「夏澄はその男から逃げてきたんでしょう。それなら渡りに船じゃないの」

別れて、と言われたなら別れればいい。松上の言うことは筋が通っている。

「でもね。何か怖いのよ……」

「怖い？」

「あいつは私が逃げたこと、怒ってると思ってた。すぐに見つかって連れ戻されると思ってた。でも四年も放置した上に、やって来たのはあいつ本人じゃなくて変な女子高生。わけがわからない」

松上はストローから口を離して、ほんのかすかに眉根《まゆね》を寄せた。

「私は、夏澄の事情を知らない。その婚約者がどういう人物なのかもわからない。あなたはなんでその人から逃げてきたのかしら」

松上の言葉はいつも冷静だ。普段なら気にならないはずなのに、いまはまるで林を責めているように感じてしまう。

「ふうん、まるで探偵気分ね。人の不幸がそんなに楽しい？」

「はぐらかさない」

冷ややかな声に、林は松上の視線を避けて顔を伏せた。フォークを取り、タルトをざくざくと切り分ける。

こうやって松上に相談したのは自分なのに、肝心の詳しい事情を話すのは気が進まなかった。

怖いのだ。燕町に来て、初めての友人が、自分の汚い過去を知ってどういう反応をするのか。軽蔑されるならまだましだ。事情を知った彼女が、婚約者から逃げ出した林を責め立てたら。

　エッグタルトが粉々になっても、林の口は縫いつけられたように開かなかった。額《ひたい》のあたりに、眼鏡の向こうから覗きこんでくる松上の視線を感じる。指先でトントンと叩かれるような、問いかけの視線だ。

　その視線がそれた。林の肩越しに、カフェのカウンターを見て、松上は言った。

「中神さんに言いつけましょうか」

「中神は関係ないでしょ!?」

　林は思わず松上の視線を追って振り返る。中神はこのカフェで働いているのだ。いまカウンターにいるのは別のスタッフだが、奥で料理を作っているかもしれない。

「私は、友達の危機を見過ごせるほど、冷血漢じゃないつもり」

　冷ややかな松上の声に、かすかな怒りが籠もっていた。向き直った林は、松上の目を見られずに呟いた。

「危機って、そんな大げさなことじゃ……」

　松上の大きな眼鏡が、カフェの間接照明を揺らめく炎のように映していた。

「私だけじゃない。ベテランの夏澄が突然辞めたら『Blue blossom』は大変でしょう。奈田《た》さんも心配する、どころか泣くかもしれないわね。『タイニィ・ブレッド』の繁《しげ》多さんだって、『和堂《わどう》』の紺野《こんの》おばさんだって、たいそう心配するでしょう。それにあなたを目当てに来てる常連さんもたくさんいるんでしょう？　そういうの、全部捨てていくつもりなの」

松上の声にはいつになく力が籠もっていた。林はたじたじとなる。

「捨てていくって、そんな……」

「そういう危なっかしい目、してるもの。自覚ない？」

冷たい声に詰問《きつもん》される。逃げてきたんだから、また逃げればいい。林が、心のどこかでそう思っていたのを、見透かされたようだった。

こういうとき、不意に松上に尊敬を覚えることがある。

彼女はクールだ。東京生まれ、東京育ちで、家族と同居しながら毎日書店で働いている。買うものは本くらいで、貯蓄もしっかりあるらしい。地に足が付いているから、自分に自信を持っている。だから赤の他人にだって、平気でこういうことが言える。すごいな、と思う。それが嫉妬《しっと》と紙一重の感情だということは自覚していた。反面、自分はどうだろう。駅の花屋で働いてはいるが、住まいは駅に近いだけが取り柄のボロアパート。お給料も、服やアクセに右から左に使ってしまう。親も裏切って、名古屋から逃げてきたから地縁もない、根なしの浮草だ。

思わず、林は声を荒げていた。

「私は、アルバイト一つ辞めるのにも、みんなの許可がいるわけ？」

言葉に含まれた棘に、林自身が驚いていた。しかし一度出た言葉は取り消せない。

「たかがアルバイトじゃない。私がどこに行こうと、何をしようと勝手でしょう？　それとも利香は、私の面倒を一生見てくれるつもりでもあるの？　私の人生に干渉して、もっとずっと悪い結果になったらどうするの？　責任取れるわけ？」

「……私は、夏澄の力になりたいだけ」

松上の声から、力は失われていた。顔には、動揺がありありと浮かんでいる。林はそれを見て、安堵と失望が混ざり合った笑みを浮かべた。

「利香。これは私の問題だから。もう構わないで」

タンッ、と音を立てて千円札を叩きつけ、林はカフェを出た。

広場の楓の樹、その前までやって来ると、林は一度だけ振り向いた。

松上は、追ってはこなかった。それを少し期待していた自分に気が付いて、林は顔を真っ赤にして『えきっぷ』を抜け出した。


それから数日は、何事もなく過ぎ去った。

「林先輩はー、ゴールデンウィークはどうされるんです？」

「どうするも何も、普通にシフト入ってるけど」

花の匂いが入り混じった店内で、客が切れた合間に雑談を交わすのもいつものこと。

「奈田さんは休み取ってたわね。何？　カレシとご旅行？」

「そんなんじゃないですよー♪」

身体を大げさにくねらす奈田。エプロンの下で大きな胸が揺れている。少々天然だけど魅力のある性格に、この豊満な肢体だ。都内の大学に通っていると聞いているが、キャンパスでもさぞやモテることだろう。

「あんまりハメを外しすぎないようにね。アルバイトもそうだけど、勉強もちゃんとやんなさいよ」

「はァーい」

先輩風を吹かす自分に、林は内心で苦笑した。松上と喧嘩別れしたままの自分に、偉そうに後輩を諭す資格があるだろうか。

あの日から、女子高生のストーキングは止んでいた。このまま諦めてくれればいい。林はそう願っていたが、同時に、このまま何事もなく済むはずがないとも思っていた。婚約者の名前を聞いたときの寒気は、この数日もずっとお腹の中に居座っている。

せめてあの女子高生ともう一度話したい。自分をどうやって見つけたのか。望月とはどういう関係なのか。それがわかれば対策も立てられるかもしれないが、林はあの少女の名前すら知らない。ただ黙々《もくもく》と、アルバイトに勤しむことしかできなかった。

店頭に出た奈田が、客と鉢植えの話をする声が聞こえる。彼女が入ってそろそろ半年になるが、新人くささも抜けてきた。ただ大学生の悲しさで、彼女も半年後には就職活動のために辞めていくだろう。『えきっぷ』のアルバイトは、通学途中に働きたいと希望する大学生がほとんどで、林のようなフリーターは珍しい存在だ。

「すいませーん先輩、お客様が鉢植えを五個の希望なので、倉庫行ってきまーす」

奈田の声に、林は笑顔で「はーい」と応じた。入ってすぐの頃は、倉庫へ行くにも台車の扱い方や在庫確認について、こと細かに説明していた。それがあっという間に成長し、立派な戦力になっている。

子供が育つのを見る母親というのは、こういう気持ちなのだろうか。そんなことを考えて、林は苦い笑みを浮かべた。

あの男と結婚していれば、いま頃は自分にも子供がいたかもしれない。あのまま名古屋にいたら、否応《いやおう》なくそうなっていただろう。そのときあいつは、子守りぐらいはしてくれただろうか。

そんなことを考えていたから、幻影が見えたのかと思った。

「やあ、夏澄。久しぶりだね」

店に入ってきた男性客が、林の名を呼んでいた。光沢《こうたく》の強いギャバジンのスーツ。ノーネクタイの首元には、派手な宝石付きのカメオを吊《つる》している。髪はオールバックになでつけられ、その下で微笑んでいるのは退廃的な甘いマスク。芸能関係の、風変わりな業界人、そんな風貌の男だった。

「望月……さん」

林は男の顔を見上げて、凍りついたように動きを止めた。

彼のこんな格好を見るのは初めてだ。四年も経って、顔や体格も記憶とは少しずつ違っている。しかしその顔には、見間違えようのない特徴があった。

右頬から首にかけて、斜めに刻まれた、深い傷跡。彼はその傷を、林に見せつけるようにさらしていた。

林は何度、あの日の出来事を夢に見ただろう。

名古屋の郊外にある古い大学のキャンパスで、林は望月を轢《ひ》いた。

林はひどく急いでいた。構内徐行のルールも忘れ、原付を最高速度で飛ばしていた。望月が飛び出してきたのは確かだが、非は100％彼女にある。

母が危篤《きとく》だった。一刻も早く病院に行きたかった。その焦りで、前が見えていなかったのだ。

キャンパス内での交通事故だ。大きな騒《さわ》ぎになった。大怪我をした望月に付き添った林は、必死に謝り続けた。当然、母の死に目には間に合わなかった。

手術が無事に終わり、謝罪のために日参する林に、望月は言った。

「いいよ、僕の不注意でもあったし、被害届けとか、そういうのめんどくさいからさ。病院代だけ出してくれればいい。あとは一回くらい、君とデートできれば最高かな」

望月の顔に残った縫合痕《ほうごうこん》を見れば、林に選択の余地はなかった。

母が死んで抜け殻のようになった父を見たくない、という想いも手伝い、林は望月との付き合いを深めていった。大学を辞めて働きながら家を借りると、望月は当たり前のように転がりこんできた。望月は優しかったし、傷さえ見なければ顔立ちも整っている。その傷も、最初の頃は二人の絆《きずな》だと思っていられた。

しかしその頃から、望月は林に金を要求するようになっていた。一度は断っても、困り顔で傷跡をなでられれば、林は何も言えなくなってしまう。彼の求める金を作るために、アルバイトは水商売に移った。そのうちに望月は大学を卒業したが、就職する気配もなく遊び歩いていた。

「もう、お金、ないから」

ある日、林は0の並んだ預金通帳を望月に突きつけた。それまでも望月は暴力を振るうことだけはなかったが、返ってきた言葉は拳《こぶし》よりも効果的に林を打ちのめした。

「お父さん、市内に住んでるんだろ。借りてきなよ」

望月の指が、林の作った傷跡をなでている。林はその言葉どおりに実家に行くしかなかった。

もう、林と望月の関係はどうしようもないところまで来ている。父に事情を話せば、なんとか引きはがしてくれるのではないかと期待していた。

実家を訪れた林は、包み隠さずこれまでの経緯《けいい》を父に話した。頭を下げる娘を見て、父は言った。

「夏澄、責任を取ってその人と結婚しなさい。お金ならお父さんがなんとかしてやる。何、子供ができれば男は落ち着くものさ」

頭が真っ白になった。父は、そんな娘の思いをよそに、林のアパートまでついてきた。

そして完璧《かんぺき》に猫を被った望月を父は気に入り、「思い立ったが吉日」とばかりに、その日のうちに二人は婚約することになった。もちろん婚約指輪の代金も、先に予定された結婚式の費用も、父が持つという条件で。

望月は、林の父が住む家が市内の持ち家と聞いて、目の色を変えていた。決して裕福ではない生活で、地道に働いてきた父と、それを支えてきた母。二人が貯《た》めてきたお金と家屋敷《いえやしき》が、結婚したが最後、望月に食い荒らされることは目に見えていた。

望月と婚約した次の日、林は、仕事に行くふりをしてバッグ一つを持ち、名古屋駅に向かっていた。

「いいお店だね。まさか駅の中に、こんな本格的な花屋があるなんて思わなかった」

望月は、カウンターに置いたパンジーの鉢に手を触れた。

駄目。このお店を汚さないで。そう思ったが、声にはならない。

「偶然だよね。この間、駅で見かけてさ」

そんな偶然があるのか。名古屋にいるはずの望月が、燕町でたまたま林を見つけるなんてできすぎている。興信所にでも頼んだんじゃないの？

望月は林に笑顔を向けると、スーツの襟を軽く引っ張った。

「俺もいまはこっちで仕事してるんだ。これ、いいスーツだろ？　結構稼ぎもいいんだぜ。夏澄には世話になったからさ、親父《おやじ》さんに行方不明《ゆくえふめい》って聞いて、ずっと捜してたんだけど、まさかこんなところにいるなんて思わなかった。俺さ、仕事の関係でけっこうこの駅も通るんだよね。もしかしたらすれ違ってたかもしんない」

望月は自慢げに名刺を差し出した。『北斗《ほくと》アーティスティック・ヒューマニー　代表　望月仁志』そんな文字が、ラメ入りの派手な名刺に刻まれていた。

「仕事……してるの？」

林は思わず安堵していた。四年のあいだ、林を放《ほう》っておいてくれたのは、望月が自活の道を見つけたということなのか。それならば、林のいまの生活を説明して、穏便《おんびん》に婚約を破棄してもらうこともできるのではないか。

「そうなんだよ。人材派遣《はけん》みたいなことやってるんだけどね」

望月の指が、ぽり、と右頬の傷跡を掻いた。その何気ない仕草に、林はぞっとした。

それは、望月が林に金をせびるときの仕草だった。しかし望月の口から出たのは意外な言葉だった。

「夏澄。俺のパートナーとして、会社を手伝ってくれないか？」

「どうしてそんなこと……。私なんかに、会社経営のことなんてわかるはずがないでしょ。望月さん、社長なんでしょ？」

望月は身を乗り出した。ネクタイ代わりのカメオが胸元で揺れる。

「何言ってるんだ。君は俺の婚約者だろう。延び延びになっているが、結婚だってまだ俺は諦めてなんかいない」

これがこの男の手だ。そうわかっていても、林は少しずつ警戒心が緩んでいくのを抑えられなかった。

傷跡さえ気にしなければ、望月は誰に紹介しても不足のない美男子だ。付き合い始めた頃は、友達に紹介すると羨《うらや》ましがられた。中にはあからさまに、小柄で子供体型の林とは釣り合わないと、揶揄《やゆ》する声もあったほどだ。別に自身の容姿にコンプレックスがあったわけではないが、優しい言葉で愛を囁かれるという初めての経験に、あの頃の林は運命の出会いだとのぼせ上がっていた。

望月の手が伸び、林の手を両手で握った。四年振りに感じる懐かしい男の体温に、林はぼうっとしてしまう。

「お客様ぁー、お待たせしましたー」

奈田の間延びした声が、林に冷や水を浴びせかけた。

反射的に手を振り払った林に、望月はばつが悪そうに苦笑した。

鉢植えを持った奈田が店に入ってくる。カウンターを挟んで向かい合っている二人に、彼女は首を傾《かし》げた。

「ニオイスミレの鉢植え、合計で5鉢です。お包みしましょうか？」

望月は名刺をそっと林の手に握らせると、奈田に向き直って微笑んだ。

「ええ、包んでください。配送手続きもお願いします。あと領収書を会社の名前で」

すらすらと配送伝票に住所を書いて、領収書を受け取ると、また林を見る。

「それじゃあ、また。できれば連絡してくれると嬉しいな。そっちの綺麗な彼女も、興味があったら是非どうぞ」

そう言い残して望月は店を出ていった。その軽口も相変わらずだ。

他に客がいなかったので、林は店頭に出てその背中を目で追った。望月は物珍しそうに『えきっぷ』を見回して、広場の向こう側にあるケーキ・ショップの店員に話しかけている。遠目に、ラメ入りの名刺を差し出しているのが見えた。

「あの派手な人、先輩のお知り合いです？　名刺もらっちゃいましたけど」

奈田が近寄ってきて、差し出したのは望月の名刺だった。先ほど、店頭で接客しているあいだに渡されたらしい。

「何か言われた？」

「美術のモデルさんとか斡旋《あっせん》してる会社で、私ならすぐに仕事を回せるって言ってました。お世辞かな？」

林はため息を吐いた。渋谷《しぶや》あたりのスカウトと言うことが一緒だ。視線の先では、ケーキ・ショップの店員が名刺を断っていた。望月はなおも説得しているようだが、あの調子ではすぐに警備員に追い出されるだろう。

林は奈田から名刺を受け取り、自分のものと合わせてしまいこむ。

「まともに受け取っちゃだめよ」

「はーい。あ、いらっしゃいませー」

常連客がやって来て、林は望月から目を離して応対した。それから数人の客の会計を済ませて店頭に出ると、望月の姿は見えなくなっていた。


バックヤードの更衣室で着替えを済ませ、空色《そらいろ》のチュニックにカーディガン、白のスカートという春らしい格好になった林は、入退場用のＩＣカードをタッチしようとしたところで声を掛けられた。

「林さん、お帰りのところ申し訳ないんですけど、ちょっといいですか？」

林を呼び止めたのは、林とも顔見知りの『えきっぷ』の社員だった。林が働きはじめたのと同じ頃に燕町駅に異動してきた、伊吹《いぶき》という女性社員だ。

グレーのパンツスーツに、ゴム引きの革靴を履《は》いた伊吹は、スポーツマンらしいショートカットと引きしまったスタイルの、格好の良い女性だ。身長は女性としては平均的だが、遠目に見ると服装のせいもあって、男性に見間違えられることもある。

彼女は生真面目《きまじめ》な性格と、ラクロスのインターハイ優勝チームにいたという異色の経歴を買われ、防犯とお客様サービス担当として働いている。

その伊吹が、深い困惑を顔に浮かべていた。

「はい、時間は大丈夫ですけど、なんでしょうか」

その時点で、林はなんとなく話の内容を察していた。

搬入口の脇の通路に入り、いくつか並んだ応接室の一つに通される。四人が座れば一杯になってしまいそうな小さな部屋だった。林がソファーに座るのを待って、伊吹はためらいがちに口を開いた。

「あの、望月さんという方に、心当たりはありますか？」

ああ、やっぱり。心がパキパキと音を立てて凍りついていくのがわかる。

林は小さな身体をさらに竦《すく》めて頷いた。

「……はい。先ほど、うちの店にも来ました。あれから、望月はどうなったんでしょうか？」

伊吹は困惑しながらも、林に経緯を説明した。

望月はあれから『えきっぷ』内でスカウト行為を続け、ついには客にまで声を掛けたので、伊吹が警備員を伴って呼び止め、退出を願ったという。

駅の構内では、鉄道会社の許可のない商業行為は禁止されている。スカウト行為もその範疇《はんちゅう》だ。望月は「自分は林夏澄の婚約者だ」と名乗り、彼女の退勤を待っているだけだと声高に主張した。その態度を腹に据えかねた伊吹が「施設管理権の侵害で駅員に引き渡します」と宣言すると、肩を竦めて去っていった。警備員が後を追いかけ、列車に乗るところまでは確認したという。

「婚約者というのは、本当なんですか？」

彼女が林の左手を見たのがわかった。そこにあったはずの婚約指輪は、とうの昔に売り払って生活費になっている。

四年間、時間はいくらでもあった。しかし林は、望月の顔を見たくないばかりに、彼の動向を一切知ろうとしてはこなかった。名古屋を逃げ出して、居心地のいい『えきっぷ』で、ただ見つからないことを祈っているだけだった。

これは、その報いだ。

「はい。望月は私の婚約者です。ご迷惑をお掛けして申し訳ありません」

口から出た言葉が刃《やいば》となって、林の身体を切り裂いていく。

伊吹はなおも尋ねようとしたが、普段は明るく快活な林の、氷のように硬くなった表情に気づいたのだろう、諦めたように微笑んだ。

「それじゃあ、あんなことは二度としないようにと、望月さんにお伝えください」

「……はい。申し訳ありませんでした」

伊吹の顔に浮かんだ、「あなたも苦労するわね」といった風の同情の笑み。それが林にはひどく辛《つら》かった。つい縋《すが》ってしまいそうになる。甘えてしまいそうになる。

「話はそれだけです。ごめんなさいね、仕事上がりに」

「いいえ。それじゃ、失礼します」

「はい。おつかれさまでした」

林は伊吹の視線を背中に感じながら、応接室を出て、ICカードをタッチしてバックヤードを出た。

警備員のいる入退場ゲートから、改札外にある職員入口まで、ちょうど改札の裏手を通る、短い通路が続いている。窓から春の日が射しこんで、スタッフ向けの標語や旅行キャンペーンのポスターを照らしている。

着替えを済ませても、林の髪には春の花の香りが染みついていた。その香気を名残惜しく感じながら、林は財布を取り出した。ホワイトレザーの表地に付いた、S700系のピンバッジ。その白いカモノハシの横顔を指でなでる。

「さ、行くか」

林は吹っ切れたような顔で歩き出した。

ATMで貯金を全部下ろし、構内から『Blue blossom』に回って遅番の子にICカードを預ける。その足で、カモノハシの列車に乗ろう。名古屋を過ぎて今度は反対側の西へ。乗り換えなしで九州《きゅうしゅう》までだって行けるのだ。

きっと、そこではもう、あんな奇跡は起きないだろうけど。

職員入口の扉を開き、駅の自由通路に出たところで、林は声を掛けられた。

「おつかれさま、林さん」

望月か、と反射的に身を硬くした林は、すぐにその力を抜いていた。

デニムのシャツを羽織った細身の男は、中神だった。

「何よ。待ち伏せなんかして」

林は口を尖《とが》らせて応じる。中神は四つほど年上だが、トラブルに首を突っこむ彼を何度もフォローするうちに、お互いに気安く話すようになっていた。

内心では、更衣室で制汗スプレーを使ってきたことにほっとする。

この男にだけは会いたくなかった。でも会いたかった。相反《あいはん》する感情は、痛みを伴うほどに強烈だった。けれど、林はその想いをおくびにも出さない。中神の前では、『明るく快活な林さん』でいなければならなかった。

林の中に渦巻く感情に、中神が気づくわけもなく、彼は朗らかに話しかけてくる。

「ちょっと林さんに聞きたいことがあって。これなんだけどさ」

「何？　イラスト関係？」

いまから燕町を逃げ出そう、なんて思っていることを中神に悟られてはならない。

林は自然に見えるように、中神の差し出したタブレットを覗きこんだ。その拍子に肩が触れ合って、林の鼓動は軽く跳ねた。

タブレットに映っていたのは、楓広場のベンチに座る、制服姿の少女のイラストだった。スマホを手に持ちながら、意志の強い目でどこかを見詰めている。

そのイラストの少女は間違いなく、林をずっと観察していたあの女子高生だった。

どういうわけか怒りがこみ上げて、林の声に棘が混じる。

「中神、この娘《こ》を捜してるの？　女子高生よ？　手ぇ出したら犯罪よ？」

林の言葉に中神は照れたように微笑んだ。

「このイラストをホームページに載せる許可が欲しいんだよ。でも、最近姿を見なくなっちゃってさ」

「ふうん」

不機嫌《ふきげん》そうに鼻を鳴らして、林はタブレットに目を落とす。イラストに映し出された少女は、楓の大樹を背にしているせいか幻想的で、本物よりも綺麗に見えた。こんな娘が、望月とどういう関係なのだろうと、今更のように思う。

「中神は、この娘を捜し出したいわけ」

「まあね。できれば」

中神の顔から笑みが消えて、ふっと真顔になった。

「それにこの娘、困ったような怖がるような、迷子《まいご》の子供みたいな顔で林さんを見ていたからね。万が一のことがあるかもしれない」

中神があの場にいたのは知っていたが、やっぱり一部始終を見られていたらしい。

林は赤面しながら、不機嫌そうに問い返す。

「迷子の子供って何よ」

「まるで最初に会ったときの林さんみたいな顔だった。そっくりだったな」

中神の視線は、四年前を思い起こすように空を向いていた。林はその視線の先に手を差しこんで振り回す。

「中神、思い出すの禁止！」

中神は小さく笑って林を見た。林はどきりとする。

「この娘、林さんの知り合いかな」

「この前が初対面、だ、けど……」

とたん、林は不安に襲《おそ》われた。少女は林に「望月と別れろ」と言い、望月は「よりを戻せ」と言う。どう考えても二人はまともな関係とは思えない。望月が少女に手を出して捨てた、という構図で望月が刺されるならいい気味だが、あの様子ではその刃が林に向かう可能性は高そうだ。

それに少女が望月の犠牲《ぎせい》になっているなら、その原因の一端を作った林にとっても後味が悪い。中神の「彼女を捜したい」という提案は、林にとってもある意味、渡りに船だった。

けれど、望月が店に現れたまさにこの日、中神がこんな提案をしてくるのはあまりにタイミングが良すぎる。

林の顔からは表情が消えていた。

中神幸二。その名前から、冗談まじりに『神《かみ》さん』と呼ばれていた彼は、前の冬にネットで騒がれたことで『燕町駅の神様』などと呼ばれるようになっていた。

実際の中神は神様なんかではない。ただ十年もの長いあいだ、燕町駅で絵を描いている駅画家だ。自分の居場所を少しでも良くしようという思いが強すぎて、駅で起こるトラブルを見過ごせない、度を過ぎたお人好《ひとよ》し。

「中神、ねえ、どこまで知ってるの？」

『明るく快活な林さん』の顔をかなぐり捨て、林は頭一つ分も高いところにある中神の顔を睨み上げた。四年のあいだ、ずっと見てきた顔だ。嘘やごまかしの気配は見逃さない自信があった。

果たして、中神は嘘もごまかしも吐かなかった。

「松上さんに頼まれたんだ」

「あいつ！」

林の顔は、羞恥と怒りで真っ赤になった。

あの眼鏡女は、林の婚約者のことを中神に話したのだ。林を心配してのことだろうが、喧嘩の面当《つらあ》てもあるに決まっている。望月が店に来たちょうどこの日に、中神が話しかけてきたのも、松上に頼まれて林を観察していたと考えれば納得はいく。

「利香から聞いたならわかってるでしょ。中神、あなたにだって、私の個人的な問題に介入する権利なんてないわ。このお節介男。助けられる側が迷惑だって、これっぽっちも考えないわけ？」

林に責められた中神は、申し訳なさそうに頬を掻いた。今日は仕事があったのか、いつもの無精髭は綺麗に剃《そ》り上げられている。それだけで中神の横顔は、二割増しに整って見えた。

「松上さん、寂しそうだったよ。私じゃ、林さんの力にはなれないから、って」

「……そんなの勝手よ！」

じゃあ、あのとき追いかけてきてくれれば良かったじゃない。そう思ってしまう自分がみじめだった。けれど口から吐かれる毒は止まらない。

「なら利香が来ればいいじゃない！　中神に頼んでなんとかしてもらおうなんて、そんなの本気で考えてない証拠でしょう!?」

中神の緊張《きんちょう》した顔が、林の言葉でほんのかすかに、笑みの形に緩んだ。それを見て、林もわかってしまった。私は、誰かに助けてほしかったんだ。

「何笑ってるのよ！」

思わず、林は手を振り上げていた。

「権利はある」

中神の、怒りを孕《はら》んだ言葉に、林の手はぴたりと止まっていた。

男の瞳が、林の目を真《ま》っ直《す》ぐ覗きこんでいた。

「誰かを助ける権利なんて、その人のことを心配してるかどうか、それだけだろ」

林の目尻がわななないた。浮かびそうになる涙を必死に堪えて、彼女は中神の目を見詰め返した。彼は、誰よりも真剣にその言葉を実践してきた。そのことを、林は身をもって知っていた。


「大したことはできないけど、今晩、寝る場所くらいならありますよ」

柔らかな微笑みを浮かべた男が、駅の自由通路に座りこんだ林を見下ろしていた。

季節は春先だったが、まだ寒さが残っていて、桜祭りのピンク色のイベント広告が、人気《ひとけ》のない自由通路の天井で短冊のように揺れていた。

望月のいる名古屋の家から逃げ、着の身着のままで燕町駅にたどり着いた林は、行く当てもなく、ただ賑やかな燕町駅の様子に圧倒され、駅員に追い出されるまで駅のベンチに座っていた。改札を出ても、終電のあとではどこにも行けない。自由通路に座りこんで、明日からの生活の不安に怯えながら膝を抱えていたところだった。

中神が差し出した駅名標のデザインの名刺を見て、あなたは何者？　と問うた林に、中神は言葉ではなく、タブレットに収まった水彩調のイラストを見せてくれた。駅と、そこに集まる人をテーマにした、温かい風景画。もっと見たい、と子供のようにせがむ林に、中神は何時間も付き合ってくれた。寒々しい深夜の駅で、手のひらの上に乗ったタブレットのほんのりとした温かさを、林はいまでも鮮明《せんめい》に思い出せる。

中神は駅近くの、NPOの簡易宿泊所に林を連れていった。そこの責任者と中神は友人のようで、施設には林と同じような境遇の女性が何人も泊まっていた。林はそこで、何年かぶりに安心して眠ることができた。

所持金は一晩の宿代にも満たなかったが、幸い身分証明書だけは持っていた。林は簡易宿泊所に住所を借り、少しだけお金も借りて『えきっぷ』で職を探した。

少しでも中神の近くにいたかった。いまではだいぶスレたけれど、四年前といえば、林は二十二歳の小娘に過ぎなかった。すべてを捨てて逃げてきた林は、生まれたばかりの雛《ひな》がインプリンティングするように、東京でたった一人信頼できる人のあとを、付いていくことしかできなかった。

　あれから四年。いまでも、その思いが恋なのかどうかはわからない。


　あのときと同じ自由通路で、林は中神を見上げていた。

「……いいわ」

心配とは、心の一部を人に配ること。中神の心の一部には、確実に林が住んでいる。そのことだけで、林は満足していた。

「全部話す。それでなんとかできるなら、なんとかしてみせて。だめならあなたとは二度と会わない。綺麗さっぱり消えるわ」

怒りと呆れ。羞恥と信頼。それにかすかな慕情を込めて、林は深く息を吐いた。

「頼まれた」

中神は、まるで限定のチョコレートアソートを頼まれたぐらいに、大した気負いもなく頷いた。

林は中神に話しはじめた。自分が婚約者の望月と決裂して、名古屋から逃げてきたこと。その婚約者と別れろ、と少女が迫ってきたこと。

望月の傷を自分が作り、それをきっかけに付き合っていたことを話したときは、それがまるで物語の中の出来事のように思えた。燕町に来てから四年間、一度も口にしたことはなかった。あの娘と望月が来なければ、その記憶は乾いて枯れた花のように、いつか土に還《かえ》っていたのだろうか。

けれど忌まわしい記憶は、水をやられて蘇ってしまった。

「その後、この駅で、捨て猫みたいにあなたに拾われたってわけ」

途中から、林はずっと目を伏せていた。そのまま、望月の名刺を中神の胸に押しつけた。

頭の上から、うなじをくすぐるように、心地良く中神の声が触れてくる。

「伊吹さんに連絡して、望月さんが『えきっぷ』に来たら教えてもらおう。伊吹さんに、林さんの事情を説明しておいてもいいかい？」

こういう話は異性よりも同性に知られるほうが抵抗がある。けれど逡巡《しゅんじゅん》した挙げ句、林は中神に顔を上げて頷いた。中神は、見ているだけで安心するような、澄《す》んだ笑みを浮かべていた。

「いいわよ。でもこれだけははっきりさせといて。私、望月のこと、いまはこれっぽっちも好きじゃないから」

小さな嘘。一時は愛していた気持ちを、綺麗さっぱり洗い流せるほど、林は器用ではない。けれど復縁の望みがあるなんて、中神に誤解されたくはなかった。

わかった、と頷いて、中神はタブレットをタップした。右手の五指を、鍵盤《けんばん》を弾《ひ》くように動かす。いつのまにか、楓広場のイラストの右下にSNSのアプリが起動していた。伊吹以外にも、いろいろと連絡しているようだ。

けれど中神だって、本当の神様ではないんだから、望月との因縁《いんねん》を綺麗さっぱり消し去ることなんてできるはずがない。林にはそれでも良かった。中神が自分のために動いてくれているというだけで、このところずっと感じていた寒気が引いていく。

「それで、どうするつもり？　望月がまた来たら捕まえるの？　それとも、こちらから電話で呼んでみる？」

望月の携帯の番号は登録してあるし、名刺には会社の連絡先も書いてある。林が連絡すれば、望月を呼び出すことは簡単だろう。

けれど中神は首を振った。

「望月さんより、あの女の子に話を聞いたほうがいいと思う」

「それができれば苦労はしないでしょ。アドレスどころか名前もわからないのよ？」

あの女子高生が燕町駅を通学に使っているとしても、ターミナル駅のコンコースは広い。中神と林の二人で、大混雑する通勤時間帯を監視できるわけがなかった。

中神は言葉を切って手の中にある紙片に目を落とす。望月の名刺だ。それを見ながら、タブレットに何かを打ちこんでいる。

「林さん、ちょっとこれ見てくれるかな」

中神がタブレットを傾けた。そこには名刺に書かれていた望月の会社『北斗アーティスティック・ヒューマニー』のホームページが映っていた。

林は中神に肩を並べて、タブレットを覗きこむ。ページデザインはなかなかにお洒落で、女性の顔写真が二列に並んでいた。事業内容を見ると、美術モデルの他に演技女優やエキストラの紹介もしているらしい。

「意外とまともね。強引なスカウトするぐらいだから、なんかもっといかがわしい感じなのかと思ってた。あの男、奈田さんにもスカウト掛けたのよ」

「彼女だったら、ここに並んでいても違和感なさそうだね」

中神は表示されたモデルの紹介ページを、一つ一つ指でタップして開いていた。本物の美女も中にはいるが、大半は化粧で見栄えを良くしているタイプだ。優秀なスタイリストがいるのか、意匠や小物はなかなか凝っている。

不意に中神の指が止まった。映っているモデルは、こってりと化粧とマスカラを盛って、体型がわかる薄手のワンピースを着た若い女性だ。中神は、その写真に見入っている。

「どうしたの？　この人が、何か気になるの？」

それなりに美人で見栄えのする女性だが、立ち姿にもプロフィールにも妙なところはない。女優志望のモデルの卵。そんな説明が付いている。

中神は、女性の顔の部分を指で拡大した。

「これ、あの娘じゃないかな」

林は目を丸くして写真に見入った。

「んー……、全然違うじゃない。彼女、こんなに大人っぽくなかったわよ」

中神はイラストソフトを呼び出し、写真の顔の部分をコピー＆ペースト。肌色《はだいろ》でマスカラを消し、ペイントブラシでアイシャドーと肌の化粧をはぎ取っていく。最後にペンツールで髪型をストレートに描き変えると、林は「あっ！」と叫んでいた。

顔の形はまったく変わっていないのに、化粧を取っただけでかなり印象が違っていた。そこにいたのは確かにあの高飛車《たかびしゃ》な女子高生だ。

「うわー、うわー……、中神、あなたちょっと怖い」

困った顔をする中神を置いて、林は写真のプロフィールに改めて目を落とす。

香野千鶴香《こうのちづか》。「香」の字が二つも入っていていかにも仮名《かめい》くさい。身長と体型は、ほぼ林の記憶にある少女の姿と同じだ。年齢は二十二となっているが、それを誤魔化《ごまか》すための厚化粧だろう。

「あいつ、女子高生にモデルやらしてるわけ？　これって違法なんじゃないの」

「わからない。でも、年齢を誤魔化してるのは、何か理由があるんだろうね」

「というか普通に犯罪の予感がする」

林の知る望月に、そんな大胆なことができるとは思えないが、先日の強引なスカウトを見てしまったあとだ。そもそもこんな会社を作るのだって、どこから金が出ているのかわからない。

「ともあれ、これであの娘と望月の関係がわかったわけね。社長とモデルか」

中神の鮮やかな手際に林は感心した。けれど、こんなデタラメのプロフィールを載せているくらいだ。会社に連絡したところで、少女と話をするのは望み薄だろう。

そう思って中神を見ると、彼はＳＮＳに加えてメールソフトも開き、目にも留まらぬ速さでソフトウェアキーボードをタップしていた。指の動きだけを見ていると、まるで楽器を演奏しているかのようだ。

無機質だがどこか心を引かれる、意思と交流のリズム。

林はしばらく、そのタップのリズムに心地良く耳を傾けていた。


「こんにちはー、中神さん。林さんも」

燕町駅の改札の中から、制服姿の女子高生が手を振っていた。中神は少女に笑顔で手を振り返し、ＩＣカードをタッチして改札をくぐる。

そのあとに続く林は、あまりの驚きに声も出なかった。

二人に手を振ってきた女子高生は、桜庭友加里。中神の絵のファンで、燕町駅の近くのビルに勤める父親ともども、林の友人だ。以前、その父親に頼まれて、バレンタインのチョコレートアソートを手に入れてから、友加里とも親しく話をするようになった。

問題は、友加里の後ろで腕を組み、全身から不機嫌なオーラを立ち上らせている少女だ。首元にセーラー服には似合わない銀のネックレスを付けた、明るいブラウンの髪の女子高生。それは間違いなく、望月の名前を出して林を責め立てた、あの少女だった。

「制服が同じだったから、もしかして、と思ったんだけど」

中神の言うとおり、よく見れば二人の制服はスカートの柄までまったく同じだ。手にも、友加里と同じ黒いナイロンの学校鞄を提げた彼女は、近寄ってくる中神と林を、纏めて剣呑《けんのん》な目で睨みつけている。

中神に事情を話してから、まだ一時間と経っていないのに、彼女は現にここいる。まるで魔法《まほう》のようだが、いつまでも驚いてはいられない。林は硬い唾《つば》を飲んで、中神のあとを追って二人の女子高生に近寄った。

二人がいるのは改札を入って一番右側の、ホームに降りる階段脇の手すり。そこはコンコースの全体が見渡せる、中神のいつもの指定席だ。

「こんにちは、友加里ちゃん。それと……」

「幸野千鶴《こうのちづる》」

視線を送ると、棘のある声で言葉が返ってきた。香野千鶴香と幸野千鶴。なるほど似通っている。

林はホワイトレザーの財布を取り出し、名刺を一枚抜いて手渡した。中神の影響で作った名刺は『Blue blossom』を意識した花屋のデザインだ。

「林夏澄です。幸野さん。友加里ちゃんと同じ学校だったんですね」

林の差し出した名刺を、幸野は受け取ろうとしなかった。彼女の右手は、先ほどからずっと鞄のポケットに差しこまれている。

「私を脅迫するなんてね。仁志もそうやって縛りつけてたんだ。怖い女」

そう言って幸野は苛立たしげに唇を歪《ゆが》めた。顔の造作が整っているだけに、そういう顔をすると落差が際立ち、ひどく醜《みにく》く見える。

林は内心で空を仰いだ。中神はいったいどうやって彼女を呼び出したのか、その言葉でだいたい想像が付いてしまった。

「あなたと話をしたくて。手段を選ぶ余裕はなかったの。脅迫したつもりはないわ。その点は謝る」

幸野は少し驚いた顔をしたが、警戒を緩める様子はなかった。

二人の隣で、中神と友加里が話している。

「ごめんね、桜庭さん、突然で」

「ちょうど良かったですよ。お父さんを元気づけてくれたお礼、まだしてなかったし」

そこで友加里は声を潜めた。本人はそのつもりだろうが、ファーストフードでアルバイトしている彼女は地声が大きく、林にも幸野にも丸聞こえだ。

「中神さんからもらった素顔の写真、友達に見せたらすぐにわかりました。うち、そんなに大きな学校じゃないですし。まさか一年だとは思いませんでしたけど」

友加里ははしゃいでいる。中神の役に立てたのが嬉しいのと、普段できない体験に興奮しているのが半々の様子だ。

「どうやって連れていこうって思ってましたけど、中神さんの言うとおり、化粧してるほうの写真見せたら一発でしたし。私は大したことしてません」

見れば幸野は苦い顔をしている。林はそのシーンを思い浮かべた。

友加里は二年だ。まだ四月で部活動も固まっていないような時期に、知らない先輩が一年の教室に乗りこんできて、見せたのが年齢を偽ったモデル活動の写真。なるほど、幸野にとっては災難だったろう。脅迫だと思うのも無理はない。

高校一年、つまり彼女は十五、六歳。二十六の林より十歳も年下だ。その割に背丈もスタイルも負けているが、それはともかく。

「あのバラ、形は悪くなったけど、いい香りだったでしょ。それとも捨てちゃった？」

そう切り出した林に、幸野は戸惑いを顔に浮かべた。

「……生けたわよ。部屋に置いてる」

林にとっては意外な言葉だった。花弁のいくつか取れた不格好なバラが、花瓶に刺さって窓際に置かれている。それを眺めている幸野の姿を想像して、林は自然と微笑んでいた。

「それで、アンタは仁志と別れるの？　それとも、私を脅して別れさせるつもり？　私を呼び出したんだから、そういう話でしょう」

十歳も年下の相手に、背丈でも態度でも上から見下ろされる。しかし林は腹を立てなかった。そんな余裕はない。これは、中神が自分のために作ってくれた最後のチャンスなのだ。

友加里と話している背中に「ありがとう」と呟いて、林は真っ直ぐ幸野と目を合わせた。

「私と望月のあいだにあったことを話すわ。全部聞いてから、判断してちょうだい」

真剣な声が、通じただろうか。幸野はほんの一瞬、同じ制服を着た友加里に目をやると、「……わかった」と林を睨みつけたまま頷いた。


林は包み隠さずすべてを話した。望月の傷のこと、その後の生活のこと、望月の言動と生活態度、そして自分の父親のこと。東京に逃げてきてからの生活も少し。四年間、望月に一度も会わなかったことは、特に強調した。幸野が信じてくれたかは疑わしいが、とにかく最後まで口を挟まずに聞いてくれた。

こうして会ってみて確信した。この娘には悪意があるわけではない。ただ必死で、そして追い詰められているだけだ。

「私には、アンタの言うことを信じられる根拠がない」

それはそうだろう。林の言うことを認めれば、幸野は望月に騙されていたことを自分で認めることになる。けれど幸野の声からは、先ほどまで鎧《よろい》のように纏っていた棘は消えていた。

「望月は、なんて言ってたの、私のこと」

幸野は迷っていた。ひどいことを吹きこまれたのだろう。

「……夏澄の側《そば》にいたら、俺は駄目になる。そう思ってアンタを捨てたと、仁志は言ってた。東京に来た仁志を、アンタは追いかけてきて、いまでもずっと付きまとっているって」

あまりに一方的で、多分に嘘と誇張が含まれた主張だ。だが、林は怒れなかった。

望月のひねくれた気持ちが、ほんの少しだがわかってしまった。

「今日、望月がうちの店に来たわ。私に復縁を迫ってきた。あなたは聞いてる？」

幸野は、林の言葉に強く唇を噛みしめ、視線をそらした。彼女の中では、望月への複雑な思いが渦を巻いている。

「……望月は、パパの会社の雇われ社長なの。復縁なんて聞いてない。本当だったら許さないわ」

林は安堵していた。楔《くさび》を打ちこんだ、というと言い方は悪いが、幸野がこれ以上、望月を盲信することはなくなるだろう。彼女の性格なら、きっと真っ正面から問《と》い質《ただ》す。そのときの望月の困り顔が想像できて、林は少し愉快になった。

「林夏澄。アドレス教えてくれる？」

「いいわよ」

すべてが終わったあとに、幸野は謝罪の一言でもくれるだろうか。

林のアドレスを携帯電話に収めると、幸野は会釈一つせずに背を向けて、夕方のラッシュの雑踏に消えた。

幸野の背中が見えなくなると、中神が大きく息を吐いた。

「ふうっ、緊張した」

あまりに彼らしくない言葉に、林は驚いた。

「幸野さん、意外と素直だったじゃない。まあ、そりゃあ呼び出したのは強引だったけど」

「ずっと鞄に手を入れてた。たぶん、スプレーかスタンガンだよ」

確かに幸野はずっと鞄のポケットに右手を入れていた。携帯電話かと思っていたが、アドレスを交換したときには、携帯電話はスカートから取り出していた。

脅迫されていると思った幸野にとっては自衛《じえい》手段だろうが、そんなものを混雑した駅の中で使われたら大変な騒ぎになる。ことによったら無関係な通行人に被害が出かねなかった。中神が緊張していたのも無理はない。

「最近の女の子は物騒なもの持ってるのね」

「わ、私は持ってませんよっ。このあたりは痴漢が多いですから、持とうと思ったことはありますけど……」

友加里が中神の陰から顔を出す。そう言えば、中神はずっと幸野と友加里のあいだに立っていた。さりげなく庇《かば》っていたのだ。

「しまったな。緊張してたせいで忘れちゃったよ。これ」

中神は林にタブレットを差し出した。それは楓広場に腰掛けてどこかを見詰める、幸野千鶴のイラストだ。友加里がそれを覗きこんで、わあ、と歓声を上げている。

「そう言えば、このイラストの許可を取る、っていう話だったっけ。私も忘れてたわ」

「林さん、さっき連絡先交換してたよね。今度、聞いてみてくれないかな」

中神は穏《おだ》やかな笑みでそう頼んできた。

林はそのとき、ついに覚悟を決めた。この笑顔を振り切っていくくらいなら、誰に迷惑を掛けても、燕町駅にしがみついていたい。それが、私の本当の望みだ。

「いいわ、聞いてみる。けど、私からも一つお願い。ね、中神」

林は微笑むと、四年間、ずっと秘めていた思いを口にした。


幸野と会った次の日も、林は『Blue blossom』で働いていた。

春の花の香りに包まれていると、帰ってきたな、と思う。

「先輩、おつかれですかー？」

「おつかれよー」

昨日も聞いたはずなのに、奈田の間延びした声もどこか懐かしい。

店頭のバケツを整え、鉢植えを並べて、開店。今日もスタッフの「いらっしゃいませ！」の声が『えきっぷ』の高い天井に響き渡った。

数人の常連客と、花の香りに惹《ひ》かれて足を止める通行客。林は店頭に出て、ひっきりなしに動き回り、快活な笑顔で彼らの相手をする。ここが自分の居場所なのだと、全身で主張するように。

開店から30分ほど経った頃、林は視線を感じた。反射的に幸野の姿を捜したが、楓広場にも、メインゲートのほうにも彼女の姿は見当たらない。

代わりに、林はあまり見つけたくなかったものを見つけてしまった。

光沢のあるベージュのスーツにネクタイ代わりの派手なカメオ。右頬には林が刻んだ10cmの縫合痕。いまどきはヤクザでも、こんなにわかりやすい格好をしている者はいない。客は関わり合いを避けるように左右に開き、そのあいだを男は大股《おおまた》で歩いてくる。

望月の顔には、うっすらと隈《くま》が浮き、深い疲労の痕《あと》があった。

「夏澄。結婚しよう」

その声に名前を呼びつけにされると、林の身体は反射的に竦んでしまう。望月の顔に浮いた傷跡は、林にとっては最大級のトラウマだ。逃げ腰になった林の手首を、望月がぐいと摑んだ。男の手のひらが細い手首に食いこみ、強い痛みが走った。

「先輩⁉」

レジに入っていた奈田が、慌てて出てこようとしている。このままでは、彼女にも迷惑を掛けてしまう。やはり私は、昨日のうちにカモノハシの列車に乗って、燕町駅から逃げ出すべきだったのかもしれない。

でも。望月に腕を摑まれた林の顔には、思い出し笑いが浮かんでいた。

中神にあんな嬉しいことを言われたら、逃げられないじゃない。

「放して！」

林は望月の手を全力で振り払った。四年間の花屋仕事で、腕力は付いている。思わぬ反撃《はんげき》に望月は手を放し、顔に青筋を浮かべて叫んだ。

「夏澄！　また俺を見捨てるのか！」

胸を拳で殴られた。小柄な林は踏みとどまれず、『Blue blossom』の切り花のバケツに突っこんだ。望月は、暴力だけは振るわないと思っていた。だが四年のあいだに彼も変わってしまった。

にぎやかな『えきっぷ』に響いた時ならぬ爆音に、通行人が足を止めていた。すぐに花屋の前に人垣ができはじめる。

「お前のせいで俺の人生は滅茶苦茶《めちゃくちゃ》になったんだ！　お前は俺に一生掛けて償《つぐな》うんだよ！　お前がそう言ったんだろう！　そう望んだんだろう！」

そうだ、望月の言うことは正しい。望月がこうなってしまった原因の一端は、間違いなく当時の林の態度にあった。

あの頃、林はひどく浮かれていた。運命の出会いだと思っていた。林は望月を、転がりこんできた年上の美貌の彼氏を甘やかし、庇護《ひご》し、弱くしてしまった。

「甘えてんじゃないッ！」

望月の、その右頬にできた深い傷跡を見据えて、林は叫んだ。勝手に涙があふれた。

「あんたは子供か？　そうじゃないでしょう！　私だって一人で立つのが精一杯で、あんたに寄りかかられたら倒れちゃうのよ！　子供じゃないなら、一人でちゃんと立ってよ！　その後なら、謝罪も賠償《ばいしょう》もしてやるわよ！」

望月が、まるで捨てられた子供のような顔をした。しかしそれは一瞬で、彼は顔を真っ赤にして、高級ブランドの革靴を履いた足を、倒れた林に向かって持ち上げた。

遅かったんだ。四年前、私は黙って逃げるよりも先に、望月を叱《しか》るべきだった。後悔と共に、林はその靴底を受け入れるように目を見開いた。

「何をやっとるかァ！」

その瞬間、凄《すさ》まじい大声が、望月を打ちつけた。同時に、その声の主が人垣から飛び出して望月に摑みかかった。

摑みかかったのは一人ではなかった。啞然《あぜん》とする林の目の前で、二人、三人、四人と、望月は不格好なクリスマスツリーのように次々と人をぶら下げ、やがてその重みに耐えきれず倒れこんだ。

最初に怒声と共に望月に飛びついたのは、『Blue blossom』の常連の老紳士だった。いつも妻のために林に花を注文する彼が、望月を押さえつけている。二番目に飛びかかったのも、いつも林から花を買ってくれるスーツのご婦人だ。化粧が崩れるほど顔を真っ赤にして、望月にしがみついている。

あとの二人は警備員の絹野と、『えきっぷ』社員の伊吹だった。押しつぶされたカエルのようになった望月を、絹野がベルトを摑んで拘束した。

時ならぬ捕獲劇《ほかくげき》に、野次馬《やじうま》の人垣がどよめき、そしてどこからともなく拍手が湧き起こった。そんな彼らに対して、伊吹が生真面目に「お騒がせして申し訳ありません」と頭を下げている。

「大丈夫かい、林さん」

あっけにとられていた林に手を差し出したのは、最初に飛びついた老紳士だった。

「ありがとうございます。でも、どうして……」

隣でスーツの埃《ほこり》を払ったご婦人が、笑って言った。

「林さんに何かあったら、私たち、誰を信じてお花を買えばいいのかわからなくなるじゃない。ねえ？」

「そういうことだね」

微笑む老紳士の手を、林は強く握って立ち上がった。

「先輩っ、どこか痛みますか」

「大丈夫、私は平気よ」

泣きそうな顔で寄ってきた奈田に、林は微笑みかけた。

これが、四年のあいだに私が得たものだ。いまなら素直にそう信じられる。

林は、絹野と伊吹に連行される、望月の背中に問いかける。

アンタは、この四年で何を得たの？

その問いに答えたわけでもあるまいが、どこからか現れた幸野が、怒った顔で望月に寄り添った。


「あなたは、どうして絵を描いているの」

いつだったか、中神にそう聞いたことがある。

インターネットでは少しは名が売れているようだけど、それでお金になるわけではない。趣味だとか、好きだからとか、そんな軽い答えを期待した問いだった。

中神は、少しだけ悲しそうな笑みを浮かべて、林の問いには答えなかった。何かを言えば嘘になるから、と、そんな風に謝るような笑みだった。

彼の新しい絵を見るたびに、林はその表情を思い出す。

あの事件から数日後。楓広場のベンチに座って、中神は黙々とタブレットにペンを走らせていた。林はその横で、ときおり触れる肩の感触にどきどきしながら、まるで白い砂浜から掘り出すように顕《あらわ》れていく絵を眺めている。

これだって、まるで魔法だ。

中神の描いているのは、いつかの林の横顔。花屋のエプロンを着けて、くすぐったそうに笑みを浮かべてお客と話している姿だ。背が低いので、視線はいつも斜め上。腹立たしいが、事実だからしょうがない。

中神の目に映った自分。それがずっと知りたかった。だから林は、初めて中神に『お願い』をした。自分の絵を描いてほしいと、そう言ったのだ。自分の姿が彼の絵になって初めて、林は胸を張ってこの駅で暮らしていける気がした。

中神は、林のお願いにこう答えて微笑んだ。

「実は、ずっと描きたかったんだ。林さんは、この駅に住んでる妖精《ようせい》みたいだから」

靴屋のこびとならぬ、花屋のこびとか。林はクスクス笑っていた。中神にそう見えるほど、燕町駅に馴染んでいると思うと、涙が出るほど嬉しかった。

林がそれを思い出していると、中神が、ふとタブレットから顔を上げていた。

彼は柔らかい微笑みを浮かべて、広場から人でにぎわう『えきっぷ』を、そしてメインゲートの向こうに見える、燕町駅のコンコースを、透かすように眺めている。独り言のような言葉が、その口からこぼれた。

「駅っていうのは、みんなが集まる場所だからね」

胸に幸せが染み渡るような横顔に、林は微笑んで、中神に細い肩を押しつけた。

「あなたが『みんな』を守るなら、私があなたを守ってあげる」

そう、彼には聞こえないように呟いて。

中神と同じ景色《けしき》を、見詰めていた。

第三話
嘘

「おゥ、今日は何か異常あったか」

遅番の絹野茂里《しげさと》が、入退場ゲートの横にある、警備員室に入ってきた。

守下良吾《もりしたりょうご》は、このおっさんが苦手だ。第一に、ニコチン臭い。第二に、加齢臭がきつい。立哨《りっしょう》や巡回のときも、いつもにやにや笑っている。でもそれだけなら、嫌いだとは思っても、苦手だとは思わない。

「いえ、特に」

「なんだよ、愛想ねぇなあ。ほら、口角上げろ。お前の仏頂面《ぶっちょうづら》を見てたら、職員の皆さんも気分が悪くなっちまわァ」

「……うるさいなぁ」

わざと聞こえるように言ったはずだが、絹野は聞こえなかったフリで防犯カメラの画像を眺めている。

これが苦手なのだ。警備員歴二十年だか知らないが、絹野は同僚にやたらと先輩風を吹かせたがる。何を偉そうに、と守下は思う。ただ、アルバイトで二十年暮らしてきたというだけだ。

絹野の息に染みついた煙草《タバコ》の臭いに辟易しながら、守下は出入りする業者や職員に挨拶《あいさつ》をする。チェックするのは入退場のＩＣカードのタッチ忘れと、入館証《にゅうかんしょう》の確認だ。特に前者のほうは、日に一、二度は忘れる人がいるからなかなか神経を遣う。一人でも見逃しがあれば、社員に報告して調査しなければいけないからなおさらだ。

　ただ、使うのはほぼ視覚だけ。人が来ないときには、時計と防犯カメラを交互に眺めている。この狭い警備員室に押しこめられている限り、他にやることは何もない。要領の良い同僚は、手元でスマホを弄《いじ》ったり書き物をしたりと内職しているが、守下にはそれも面倒臭い。ただぼんやりと、防犯カメラの中の人の動きを眺めているだけだ。

　時計が、昼の一時を告げた。

「おゥ、交替だ。巡回行ってこいや」

　守下は無言で頷き、少し痺れた足で立ち上がった。ぺりり、と制服のズボンの生地《きじ》が革張りの椅子《いす》から剝《は》がれる音がする。入れ替わりに椅子に座った絹野が、薄笑いを浮かべて守下を見上げてきた。

「しゃんとしろよ。『えきっぷ』の安全は俺たちの肩に掛かってんだぞ」

　守下は仏頂面を崩さず、ニコチンの臭いから逃げるように警備員室を出て、すぐ近くにある両開きの扉を押し開けた。

　そのとたん、世界が変わる。職員が焦り顔で行き交い、ひっきりなしに台車が走る灰色のバックヤードの通路から、一日に何万という利用客が行き交う『えきっぷ』の中に、守下はまるでタイムトラベルのように放り出される。

警備員のアルバイトを始めて三ヶ月。守下はいまだにこの感覚には慣れていない。

おや、と思った。

守下が見つけたのは、黒いランドセルを背負った少年だった。子供の年齢はよくわからないが、高学年ではないだろう。両手をランドセルの革ベルトに掛けて、伸び上がるような足取りで一人、『えきっぷ』を歩いている。

燕町駅で小学生を見ること自体はそう珍しいことでもない。親子連れが多いが、登下校の途中らしい小学生の集団もたまに見る。最近は私立に通う小学生が、登下校に電車を使うということは聞いていたが、こんな混雑するターミナル駅で平然と乗り換えているというのは驚きだった。

守下は腕時計を確認する。腕時計は警備員の必需品だ。バイトを始めてから買った安物だが、デジタルの大きな文字盤がＳＦっぽくて気に入っている。

黒い文字盤に、白で刻まれた数字は13：40。今日は平日の火曜日だ。小学校の下校時間が何時だったかは忘れたが、普通に考えれば、まだ善良な小学生は学校で『かえるのうた』でも輪唱《りんしょう》している時間だろう。

守下はそれとなく黒いランドセルを背負った少年を眺めていたが、彼は取り立てて目的がある風ではなく、『えきっぷ』の一階をぐるぐると回っている。何も買わず、商品の入ったガラスケースを眺めながら、時間をつぶす風に3周も4周もした。

その少年と、不意に目が合った。

注視する守下と目が合ったということは、少年は守下を見ているということだ。少年の顔に見覚えはない。つまり、それは警備員の制服に注目しているということになる。それは典型的な不審者の行動だと、以前絹野に教わっていた。

不審な人物や状況を見つけた場合、すぐに携帯電話で防犯担当の社員に報告することになっている。これが成人男性なら、守下はそうしただろう。だが相手は見たところ、十歳にも満たない小学生だ。近くに親がいて、買い物を待っているのかも。警備員を見詰めていたのも、警官に似た制服に何かしらの憧れを感じているのかも。そんな「かも」が重なって、絹野は報告を躊躇した。

そうこうしているうちに、守下は総菜コーナーのスタッフに呼ばれた。不審物があるという。守下は『えきっぷ』の社員に報告し、社員と一緒にそれがお客の忘れた鞄であることを確認した。社員が忘れ物の放送をしているあいだに、防犯カメラをチェックしたが、残念ながら鞄のあった場所は死角になっていた。落とし主が出てこなければ、鞄は駅員に預けられ、遺失物《いしつぶつ》取扱所で保管されることになる。守下が巡回に戻った頃には、黒いランドセルの小学生の姿は、混《こ》みはじめた『えきっぷ』のどこにも見当たらなかった。

「二時前に、妙な小学生を見かけたんですよ。うろついているだけだったんですが、時間が時間なので……」

三時間の巡回を終え、警備員室に戻った守下は、絹野の背中にそう声を掛けた。

「黒いランドセルの男子か？　低学年くれぇの」

そのとおりだ。絹野も防犯カメラで見ていたのだろう。

「そう、そうです。知ってるんですか？」

「常連だよ。無視していい。悪さはしねえから。駅には、いろんな常連さんがいるからな」

絹野は興味なさそうに言った。守下はほっとすると同時に、少し憤《いきどお》りを覚える。そういうことなら、事前に伝えてくれれば悩まずに済んだのに。

「でも、学校はどうしたんでしょうね？」

「さあねえ」

話好きの絹野のことだ。乗ってくるかと思ったら、それだけ言って立ち上がった。

「巡回、行ってくる。お前ちょっとここにいてくれっか」

「いいですけど、俺、あと一時間で上がりですよ」

「それまででいいよ」

絹野は白手袋を付けた手で守下の肩を叩いた。思いがけない力の強さに、守下は少しよろけた。

機械的に入退勤の監視を続けて、一時間したら絹野が戻ってきた。

「おつかれさまです。何かありましたか」

「なんにも」

その顔が心なしか落胆しているように見える。巡回中に何かあったのだろうか。気にはなったが、尋ねるのも億劫に思えて守下は絹野と席を交替した。

朝の七時から、休憩を挟んで夕方の五時までの退屈な勤務だ。いまは一刻も早く、窮屈《きゅうくつ》な制服を脱ぎたかった。

狭いバックヤードの廊下を、夕方のピークに備えて商品を補充する『えきっぷ』のスタッフが行き交っている。守下は更衣室で着替えを済ませ、階段を降りながら入退場用のICカードを取り出した。管理する側の警備員がタッチを忘れたりすれば大きな問題になる。ことによれば『えきっぷ』に出入り禁止になって、別の現場に回されるだろう。それはあまり愉快なことではない。

「それじゃ、お先に失礼します」

「おつかれさん」

宝くじ売り場のような警備員室の窓から顔を出している絹野に挨拶をして、守下はカードをタッチした。入退場ゲートを抜けて職場を出る。

燕町駅の自由通路に出ると、梅雨時《つゆどき》の湿気《しけ》た空気が守下を包みこんだ。六月に入ってから、今年《ことし》はずっと雨が続いている。ふう、と思わずため息がこぼれた。

「何が、『えきっぷ』の安全は俺たちの肩に掛かってる、だよ。そんな給料もらってねえっつうの」

身体がガチガチになっていた。守下は改札脇のコンビニでコーラを買うと、それを口にしながら自由通路を行き交う人々を眺めた。

スーツのズボンに薄手のシャツの男女が、六割といったところか。中にはジャケットを羽織っている会社員も少なくない。他には私服ＯＫの会社らしい、ラフだが清潔感のある格好の男女。作業服姿の男も見かけるが、その数は少ない。そして渋谷や新宿の駅と違い、チャラけた格好をしている若者や、水商売風の女性の姿はほとんどない。

熱気の籠もった湿気をものともせずに、オフィスワーカーたちは顔に熱意を込めてせかせかと改札に飛びこんでいく。彼らが仕事を終えた解放感に浸るには、まだ少しだけ早い時間だ。

俺だって。守下は心の中で悔しまぎれに呟いた。つい三ヶ月前までは、そちら側にいたのだ。

守下はコンビニのガラス窓に目をやった。そこに映っているのは、無気力な顔をした自分の姿。背丈も顔つきも特徴のない、無地のポロシャツにチノパンの、どこにでもいるような青年だった。

守下はコーラを飲み干し、腕時計を見た。十七時半になっていた。

今日もいた。

エキナカ絵師、中神幸二は、たいていこの時間には、駅構内のどこかで絵を描いている。その様子を眺めるのは、守下の密《ひそ》かな楽しみだった。

「こんばんは、中神さん」

「おつかれさま、守下さん」

中神は、今日は『えきっぷ』とは反対側の壁面《へきめん》で、タブレットにペンを走らせていた。その手前、コンコースの広場には北海道《ほっかいどう》の物産展の屋台が出ていて、けっこうな人だかりができている。

挨拶だけをすると、二人のあいだに会話はなくなる。前を開いたデニムシャツに身を包んだ中神がペンを走らせる様子を、守下はじっと眺めていた。

中神は人物を中心に据えることが多いが、今日のイラストは風景画だった。斜め上に引いたアングルで、物産展と、やや閑静な時間の燕町駅を気怠《けだる》げに描いている。絵筆の隙間から、梅雨の湿気がしたたるような筆致だ。

珍しいな。守下はそう思ったが、中神がたまに暗い筆致のイラストを描くことは知っていた。中神のホームページには、もう二百枚以上のイラストが掲載されている。そのほとんどが、燕町駅をテーマにしたスケッチだ。

守下は、中神が絵の掲載を始めた、初期の頃からのファンだった。いや、ファンになったのはだいぶあとの話で、当時は「ちょっといいな」ぐらいにしか思っていなかった。数あるブックマークの一つだった。

ネット上で中神が「神様」などと呼ばれるようになり、ＳＮＳで大いに盛り上がったのは前年の冬だ。今年の二月頃には「中神に危ないところを助けられた」といった投稿があり、一万人以上に閲覧《えつらん》されて、ネットニュースのトピックになるという珍事も起こった。

あれから四ヶ月。中神の人気は潮《しお》が引くように失《う》せていった。守下が中神の本格的なファンになったのはその頃だ。前の仕事が人間関係のトラブルでどうしようもなくなっていたときに、中神のイラストは、大いに気を紛らわせてくれた。

仕事を辞めて警備員のアルバイトを始めたときには、中神のいる燕町駅で働くことになるとは思いもよらなかった。それは嬉しい偶然だった。

物産展のイラストは、完成間近のようだ。仕上げの段階に入っている。最後まで見ていたかったが、守下はこちらに歩いてくる女性に気づき、中神のタブレットから顔を上げた。

「守下さん、おつかれさまです」

「松上さんも」

分厚い眼鏡を掛けたスレンダーな女性は、エキナカの書店で働いている松上だ。クリーム色の半袖のブラウスから覗いている二の腕が眩しい。

「夏澄さんが残業しているので、ここで待たせてください」

「はい。僕はもう帰りますから」

守下は壁に付けていた背を浮かせた。松上が苦手なわけではないが、知り合いとはいえ若い女性と会話が弾むタイプではない。ネット上ではお喋《しゃべ》りになれても、リアルは無口で内気な豆腐メンタル。そのことを守下は自覚している。

「それじゃ」

「はい。また」

いつものことなので、松上も引き留めはしない。中神と会釈を交わして、守下はコンコースを歩き出す。

一歩を踏み出すたびに、熱気を孕んだ湿気が絡みつく。まるで中神のイラストの中に迷いこんだようだ。物産展の店員も疲れてきているのか、「北海道の銘品展です。いらっしゃいませェー」という声は間延びして、語尾が湿気の重みで潰れているように思える。

北海道には梅雨がないと、ネットで知り合った友人が言っていた。そんな言葉に惹かれるように、守下ははるばる海を渡ってきた商品を眺めていた。物産展のすぐ近くのブースでは、北海道旅行のチラシを配っている。燕町駅から空港までは、列車を乗り換えて一時間もあれば着く。守下にその気があれば、今日のうちにでも北海道に降り立つことは可能だろう。

馬鹿げた妄想だ。明日も警備の仕事がある。それにいまの切り詰めた生活で、そんな大金をポンと出せるはずがない。守下が自分の考えに呆れて首を振ったとき、斜め下から不意に声を掛けられた。

「ねえねえ、おっちゃん。警備の人でしょ？」

シャツの裾を引っ張る小さな手。振り向くと、そこには黒いランドセルを背負った小学生が、目をキラキラさせて守下を見上げていた。

子供の大きな声に、買い物客の視線が集まって、守下は裾をがっちり掴んで放そうとしない少年を、引きずるようにして壁際に連れていった。

黒いランドセルを背負った小学生だ。膝丈の茶色い半ズボンに、でかでかと「ＮＥＷ　ＹＯＲＫ」と描かれた黄色《きいろ》いＴシャツ。間違いなく、今日の昼間に『えきっぷ』

をうろついていた少年だった。

守下は少年の手を振り払い、腕時計を見た。時計はちょうど十八時を指していた。そうするとこの少年は、あれから四時間も駅の構内をうろついていたのだろうか。

「おっちゃん、仕事いま終わったの？　だったらさ、ちょっと俺に付き合わない？」

少年は手を振り払われてもめげずに話しかけてくる。その内容は出来の悪いナンパだ。これがゲームに登場するような美しい女性なら話は別だが、小学生男子にナンパされても嬉しくもなんともない。自然と声が荒くなった。

「お兄《にい》さんは忙しいんだよ。なんだお前」

「ヒマそうにしてたじゃん。買うの？　アレ」

少年が指さしたのは、物産展でちょうど守下が眺めていた『十《と》勝《かち》・豚丼《ぶたどん》のタレ』だ。物産展の店員がそれに気づいて、守下に微笑みかけてくる。兄弟とでも思われているのだろうか。それぐらい、少年の態度は馴《な》れ馴《な》れしい。

「だからヒマじゃないって。美味そうだから見てたんだよ」

「いいじゃんいいじゃん。どっかでお茶でもしない？　俺、この辺にはちょっと詳しいんだぜ」

絶対に何かのテレビの台詞《せりふ》の受け売りだ。けれど、少年の様子はどこかおかしい。

必死に守下を引き留めているような印象を受けて、守下はもう一度シャツの裾を摑もうとする少年を見下ろした。

「お前、名前は？」

その言葉に、少年の顔がパッと輝いた。

「冬谷《とうや》春秋《はるあき》！　冬の谷でトウヤ、春と秋でハルアキな！」

「季節三つも入ってるのかよ。贅沢《ぜいたく》な名前してんな」

名付け親が面白がって付けたとしか思えない。

「おっちゃんの名前も教えろよ。なーなー」

少年が頭でぐりぐりと守下の腹を押してくる。小さな頭に小さなツムジが見えた。

「守下良吾。おっちゃんじゃない。まだ二十七なんだから」

冬谷少年の遠慮のなさに、守下もつい口調がくだけてしまう。老《ふ》けて見えるのは自覚しているが、おっちゃん呼ばわりはさすがに不快だ。

「どんな字？　俺、漢字得意なんだぜ」

「小学生だろ。わかるのかよ？　まもる、って字に、うえしたの下、良い悪いの良いに……」

「下を守る？　だから警備員やってんの？　カッコイー！　ギャバンみてぇ！」

「ギャバンって宇宙刑事の？　すごい昔の特撮《とくさつ》じゃん。お前知ってんの？」

「うん！　とうちゃんが……」

そう言いかけて、少年の顔からふっと笑みが消えた。

子供の目の色は正直だ。理由はわからないが、父親のことに触れたくないのだろう。

そう気づいたら、守下には冬谷少年が急に他人に思えなくなっていた。

三ヶ月前、守下は客先の主婦を殴って、五年勤めた訪問介護の仕事をクビになった。

その直前に言われた一言が、いまでも耳にこびりついている。

『やっぱり施設で育った人には、親に孝行する気持ちなんてわかんないんでしょうね！』

親のことを言われると、守下はたやすく激高《げっこう》する。人間関係のほとんどはそれで崩れ、ついには仕事まで失った。できる限り対人関係の希薄な仕事を、と探した結果、見つけたのが警備の仕事だったのだ。

再び裾を摑もうとしてくる少年を見て、まあいいか、と守下は呟いた。いまから家に帰ったところで、ネットサーフィンをするか、ゲームをするしか用事はない。

「んじゃ、行くか」

警備員の制服を入れたリュックを背負い直し、守下は少年の肩を叩いた。

「どこ行くの？　おっちゃん」

「おっちゃんじゃない。なんだお前、この辺はちょっと詳しいから案内してやるって、そう言ってなかったっけ？」

少年はぽかんとしたあと、嬉しそうに何度も頷いて、

「しょうがないなあ、案内してあげる！」

そう守下の手を引っ張った。


「兄ちゃん。このペン、格好いいよね。俺、大人になったらこういうの買うんだぁ」

冬谷少年が真っ先に案内したのは、『えきっぷ』の一階にある雑貨屋だった。その一角には、文具ばかりをあつめたコーナーがある。

少年はガラスケースに収まった舶来物のボールペンを、食い入るように見詰めていた。守下も物珍しさに覗きこむ。警備員の仕事をしていても、巡回は外の廊下が中心だ。店内に入ることは滅多にない。

「渋い趣味だな……、ってこれ七千円かよ」

万年筆のような黒いペン軸に、銀のラインが引かれたボールペンは、確かに品が良

くて、素人目《しろうとめ》にも値段なりの価値があるようには見える。けれど子供が興味を示すようなものとは思えない。こういうものは、駅周辺のインテリジェントビルにお勤めの、ハイクラスな方々が持つから映えるのだ。

「兄ちゃん、これ買わない？」

七千円といえばほとんど守下の日給だ。けれど警備員に憧れているらしい少年に、薄給《はっきゅう》で金がない、とは言いたくなかった。

「買おうと思えばいつでも買えるけどさ。もう少し細身じゃないと、警備の仕事には使えないだろ」

「そっかー」

少年はいかにも残念そうにガラスケースから離れた。

いつかこういうのが似合う男になりたい、とは思っていたから、守下はこぢんまりとした文具コーナーを、興味を持って眺めていた。高級なものしか置いていないと思っていたら、安くて使いやすそうなものも結構ある。良さそうな人工革のブックカバーを見つけて、守下は手に取ってみる。

「兄ちゃん、それ買うの？」

守下の呼び方は、いつのまにか「兄ちゃん」に変わっていた。そう呼ばれるたびに、血で繋がった家族を持たない守下は、胸の奥に不思議な痒《かゆ》みを感じる。

「買わないよ。俺、マンガしか読まないし」

「兄ちゃんぐらい大人でもマンガ読むの？」

「そりゃ読むさ」

　ブックカバーをなでながら、守下は思いつくままに最近読んだマンガのタイトルを挙げてみる。

「すごいなー！　兄ちゃんってもしかして金持ち？」

　タイトルに興味を惹かれるより、少年はそれだけのマンガを買う財力のほうに感心したようだ。実はほとんど立ち読みかネットカフェなのだが、守下はからかうつもりで言った。

「そうそう。実はなー、警備員の仕事ってすげえ儲《もう》かるわけ。だから兄ちゃんはなんでも買える。その気になったらこの店ごと買える」

「すっげー！」

　目をキラキラさせた少年は、両手で守下の手を握りしめてきた。

「警備員は落ちこぼれの仕事だって、母《かあ》ちゃんが言ってたけど、やっぱ嘘だったんだ！　そりゃそうだよなー！　警察と同じ服着てるし！　平和を守る仕事だし！」

冬谷少年はどうやら本気で信じてしまった様子で、撤回《てっかい》できる雰囲気ではなかった。クリスマスのサンタを信じる子供というのは、こういう目をしているのではなかろうか、と守下は内心で苦笑する。

文具コーナーをひとしきり堪能《たんのう》してから、二人は雑貨屋の中を巡り歩いた。前から目を付けていたのだろう、少年は小さな棚やペン立てをいちいち取り上げ、まるで自分のもののように自慢げに見せびらかす。

「俺もさー、自分の机あったらさー。こういうのたくさん置いて、勉強もたくさんできると思うんだよねー」

細くてメタリックなペン立てを手にして、少年は大人ぶった仕草で嘆息する。

「お前、勉強好きなのか？　信じらんねえ」

「好きじゃないけどさー。母ちゃんが、勉強できれば喜ぶからさー。俺、母ちゃん喜ぶと嬉しいからね」

少し笑いながら、そんなことを言う。父親のときと違い、母親については話しづらそうな顔はしていない。

絹野が、少年のことを『常連』と呼んでいたことを思い出す。きっと彼はこうやって、ずっと一人で文具や雑貨を眺めていたのだろう。

「なあ冬谷くん。お前、なんで一人で『えきっぷ』に来てるんだ？　友達と遊んでるほうが楽しいんじゃないか」

　ペン立てをそっと台に戻して、少年は守下を見上げた。

「俺、ここ好き。みんな優しいし、友達もいるしね」

「友達？」

「まんじゅう屋のおばさんとか、花屋のでっかいお姉《ねえ》さんとか。暇なときは遊んでくれるし」

「お前、奈田さんと知り合いなのか」

　一階にある花屋『Blue blossom』の大学生アルバイトの姿を思い出し、守下は意外な顔をする。

　この少年を見ていると、守下はどうしても自分の子供の頃を思い出してしまう。守下も小学校から施設に帰るのが嫌で、ただ時間を潰すため、あてどなく町を彷徨《さまよ》い歩いていた。

「燕町は学校に行く途中なのか？」

　そう訊《き》くと、少し間を置いてから「うん、そう」という答えが返ってくる。

　そのとき、『えきっぷ』に十九時の鐘《かね》の音が響き渡った。その音に反応したのか、少年は自分のお腹をなではじめた。

「お腹減ったのか？　そろそろ帰れよ。お母さんが心配するぞ」

「帰っても、母ちゃんいないからさ。遅くまで働いてるんだよね」

そう呟いた冬谷少年の顔は、ちょうど雑貨の陰になって見えなかった。

俺は、嫌なやつだ。守下は唇を噛んでいた。この少年が自分と同じく不幸であることに、心のどこかで安心してしまっている。

その後ろめたさも手伝って、守下は少年のランドセルを叩いて言った。

「じゃあ、俺とご飯食べるか。実はな、兄ちゃんもひとりぼっちなんだ。お金は俺が出すから、付き合ってくれないか」

少年は驚いた顔をして、すぐに笑顔になった。

「仕方ないなあ。いいよ！　やっぱり警備員ってお金持ちなんだなー」


冬谷少年と『えきっぷ』二階のハンバーグ・レストランに入った守下は、ほとんど食事を終えた頃、おもむろに食後のアイスティーを飲む少年に声を掛けた。

「なあ、冬谷くん」

「なに？」

甘酸っぱいソースの掛かったハワイアン・ハンバーグに、ホクホクのフライドポテトをたっぷりと堪能した少年は、少し眠そうな顔で守下を見上げた。

食事のあいだ、少年は守下に、警備員の仕事についていろいろと聞いてきた。小学生にわかるように答えるのは大変だったし、まだ勤めはじめて三ヶ月ではわからないことも多い。けれど守下はできる限り丁寧《ていねい》にその質問に答えていった。そのたびに少年が大げさに喜ぶものだから、守下が片手の指の数にも足りない苦労談を脚色して話すと、少年の目はキラキラと輝いた。警備員はお金持ち、という他愛《たわい》ない冗談が、効きすぎてしまったようだった。

守下はアイスコーヒーを含んで、口の中にたまった肉の香りを洗い流す。

警備員の仕事に思い入れがあるわけではないが、なけなしの職業倫理でこれだけは聞いておかなければならない。そんな義務感の鎧を付けて、守下は尋ねた。

「今日は、学校はどうしたんだ？」

その問いに、少年の顔が固まった、ように見えた。それはほんの一瞬で、彼はにっこりと笑う。

「今日はねー、テストがあったから昼までだったんだ」

「そっか。小学生も大変だなぁ」

それが良くできた嘘なのか、それとも最近の小学生にはそういう日があるのか、守下には判断が付かなかった。嘘だとしても、問い詰めることはしたくない。

少年と一緒に『えきっぷ』を歩くのは、守下にとっても楽しい一時《ひととき》だった。誰かと一緒に食事を摂《と》るのは、前の職場を辞めて以来、ほとんど三ヶ月ぶりのことだった。

レストランを出ると、二十時を過ぎていた。『えきっぷ』にはたくさんの帰宅途中の客がひしめいているが、さすがに小学生がいるような時間ではない。

二階の吹き抜けを囲む六角形の通路を、警備員の制服が巡回していた。絹野だ。客の迷惑にならないよう、腕はほとんど振らず、落ち着いた視線を方々に配りながら、ゆっくりと歩いている。遠目にも、その大きな身体には威厳《いげん》があった。

「かっけー……」

少年はすっかり警備員に惚《ほ》れこんでしまっている。守下は罪悪感を覚えた。そのとき、絹野の顔がこちらを向いた。

一度は不審者だと思った少年と一緒にいるのだ。なんと言われるかわからない。守下は身を固めたが、絹野はこちらにやって来る様子はなく、そのいかつい顔に嬉しそうな笑みを浮かべた。いつものからかいの笑みとは違う、初めて見る表情だ。

「……なんだあれ」

　おおかた、守下が警備員の責務で、子供を保護しているとでも思ったのだろう。相変わらずむさ苦しい男だ。守下は絹野の制服姿に見入っている冬谷少年を促し、絹野から逃げるように階段を降りた。少年は名残惜しげにしていたが、守下のあとに付いてくる。

「俺、そろそろ帰るからさ。お前も帰れよ」

　うん、と少年は素直に頷いて、歩きながら守下を見上げた。

「兄ちゃんさ、今度、お仕事の日はいつ？」

　また会えるかな、とその目が雄弁に語っている。それならアドレスの交換でも、と守下は携帯電話を取り出した。ネットはパソコンで見たい派なので、いまでも古くさい折りたたみ式だ。

「俺、ケータイ持ってない。母ちゃんが買ってくれないんだー」

「ああ、そうか、ごめん。次の仕事は明日だけど」

「明日の次は？」

「俺の仕事自体は日曜から木曜なんだけどな。俺は『えきっぷ』の職員じゃないから、必ずここで働いてるとは限らない。別の現場に行くこともある」

冬谷少年はポカンとしていたが、守下が易《やさ》しい言葉で言い換えると、寂しそうな顔で頷いた。

携帯電話を持っていない、母親も家にいない小学生と、どう連絡を取るかは難題だ。少なくとも守下には良い手段は思いつかなかった。

「よし、じゃあこうしようか」

守下はメモ帳を取り出した。これも警備員の必需品だ。ボールペンで書きつけ、千切って少年に手渡した。

「ろくがつ、ろくにち？　どようび？　さん、じ？」

「お、読めるんだな。そうそう。俺は今度の土曜の昼過ぎの三時に、このレストランの前にいるから。お前も土曜は学校休みだろ。来られるんなら来るといい」

少年の目が輝いて、「わかった！」と力強く頷いた。

「その代わり、警備員の仕事中に、話しかけてきたりはナシだぞ。わかったな？」

「うん！　邪魔しないよ！」

「約束な」

守下が差し出した手を、冬谷少年は力強く握りしめた。よほど嬉しいのだろう、興奮した鼓動が手のひら越しに伝わってくる。

もし俺に血を分けた弟がいたら、こんな気持ちになるんだろうか。

守下は手を繋いだまま、少年をホームまで見送った。


次の日も、守下は『えきっぷ』バックヤードの警備員室で、防犯カメラのモニターを眺めていた。

今日は苦手な絹野はシフトに入っておらず、守下は早番の同僚と二人、監視と巡回を交替でこなしていた。守下が二度目の巡回を終え、警備員室に入ると、同僚が声を掛けてくる。

「守下さん、ちょっと気になるんですけどね。もう40分ですよ」

同僚が指さしたのは、防犯カメラの画像の一つだ。『えきっぷ』の一階を、ちょうど覗きこむように映している。その隅に、通路からは少し見づらくなっている階段の上り口があった。

そこに、ランドセルを背にした少年が立っている。何をしている様子もない。ただ、じっと通路のほうを見詰めている。

「40分もあそこにいるわけ。巡回のときは気づかなかったな」

「そうなんですよ。ちょっと見づらい場所ですよね。俺、声掛けてきましょうか」

守下の時計は、朝の十時を指していた。今日も平日だ。昨日はテストで半ドンだったが、今日は授業は午後からなんだろうか。いまどきの小学校は贅沢なものだ。

「絹野さんが、あの子は『常連』だって言ってたから、放っておいても大丈夫じゃないかな」

「そうですか。まあ、いろんな人がいますからね。そんじゃ、巡回行ってきます」

「よろしくお願いします」

同僚と席を替わりながら、守下の目はカメラ越しの冬谷少年から離れない。

少年は、階段の脇の壁に背を預けて、どこかを一心に見詰めている。このカメラの角度では、彼が何を見詰めているのかはわからない。守下は頭の中に『えきっぷ』の一階の地図を思い浮かべた。少年の見詰める方向には、スイーツコーナーと、大きな柱があるだけだ。

そこは、警備員の立哨ポイントの一つだ。先ほどまで守下も、巡回の合間にそこに立っていた。少年は、そこに入れ替わりに立つ警備員の姿を、ずっと見ていたのだろうか。

少年はその小さな身体に、一体何を抱えているのだろう。嘘を吐いているとすれば、それはなんのためか。気にはなるし、心配でもあるが、そのことについて守下が踏みこんでいいのかどうかわからない。

少年の姿は、それから20分ほどしてカメラから消えた。

その日の仕事は穏やかに終わった。事件も不審者も何もない、真っ白な警備日報が申し訳ないほどだ。

十七時になり、遅番に仕事を引き継いで入退場ゲートを出る。歩きながら、守下は次の土曜日までの日数を、指折り数えていた。今日は水曜だから、あと三日だ。

自由通路に出て、コンビニでコーラを買い、改札に入る。いつもなら中神を捜すところだが、視線は自然と低くなり、冬谷少年の姿を捜していた。

ふと、ランドセルを背負って歩く小学生が目に留まった。それは四人連れの、黒っぽい制服を着た女の子の集団だった。人出の増えはじめたコンコースを、はしゃぎながら歩いている。

親の付き添いもなしに、小学生が列車で通学するというのはどういう感覚だろう。自分が親だったら、と思う。満員電車や痴漢、事故に巻きこまれる不安で、夜も眠れないのではないか。いや、そう思うのは親の愛を知らない自分だけで、世間一般の親御さんは、もっと気楽に子供を育てているのかもしれない。

コンコースをうろつくと、そういう時間なのか、他にも小学生の姿をちらほらと見かけた。そのどれもが制服姿で、大きな帽子を被っていた。その中に、冬谷少年の姿はない。彼の格好は、住宅街の公園で走り回っているような半袖半ズボンだった。

　中神の姿を見つけた。『えきっぷ』一階の、緑の葉を茂らせた楓の木、その周囲にめぐらせたベンチに座っている。まだ人の少ない時間だから、ベンチは空《す》いていた。

「おつかれさまです。中神さん」

　中神は目を少し上げて、守下に向かって微笑んで見せた。守下は隣に座ると、中神のタブレットを覗きこむ。

　どきり、とした。昨日の絵は完成したのだろう。中神が描いていたのは新しいモチーフで、いまは走り書きのラフスケッチのような段階だ。けれど、守下にはそのモチーフがすぐにわかった。

「警備員の絵、ですか」

「そう。駅員は何度も描いているけど、警備員を描いたことはなかったなって」

　手前の左右には、ケーキ・ショップで楽しげに商品を品定めするお客さんと店員が配され、そのずっと奥の壁際に、行き交う客と店員を見守るように、直立不動の警備員が描かれている。ショーケースの直線が、ちょうど遠近法のように、警備員のいる位置に集まっている、不思議な構図だ。

　描いたことがなかったから、というのは理由のようで理由になっていない。中神は、警備員の姿になんらかのインスピレーションを受けたのだ。

　これ、僕ですか、と聞こうとして、守下は自意識過剰だと思い直す。

「これ、誰ですか？」

「誰でもない。強《し》いて言えば、絹野さんかな」

　確かに、あの人は身体も大きいし、制服も似合って見栄えがする。警備員としても信頼されていて、二ヶ月前には、花屋の前で大捕物をしたと聞いていた。

　絵のモデルが絹野だったことに、かすかな嫉妬を覚えた自分が意外だった。自分はそこまで警備員の仕事に入れこんでいただろうか。

　それきり、会話はなくなった。守下はこの静寂を好んでいる。だが、今日は中神に聞きたいことがあった。

「この時間は、小学生が多いんですね。コンコースのほうで、何人も見ましたよ。制服を着てる子が多いですね」

　中神はタッチペンの動きを止めずに答えた。

「電車で通学するような私立の小学校は、ほとんど制服だよね。そのほうが所属がはっきりするから、犯罪に巻きこまれにくいんだそうだよ」

確かに、制服でどこの学校なのかすぐわかるようだったら、目撃者がいればすぐに学校に連絡がいく。その分、安全なのかもしれない。

けれど冬谷少年は、昨日も、カメラ越しに見た今日も私服だった。また一つ、違和感の種が増える。

そこに、一人の女性が声を掛けてきた。

「こんばんはー。すみません、守下さん、ちょっといいです？」

楓広場のすぐ目の前にある花屋『Blue blossom』で働く奈田蓉子《ようこ》だ。彼女は中神ではなく、守下に話しかけてきた。守下は思わず腰を浮かせてしまう。

奈田はまるで男物のようなコットンシャツを、ノースリーブの上に羽織っている。ズボンは細身のチノパンツで、身体のラインがはっきりわかる格好だ。ダークゴールドの素っ気ないネックレス以外、装飾品のたぐいは何もない、あっさりとした格好だが、背の高さとメリハリのある体型が際立ち、通行人の目を惹いている。

それでいて、全体の雰囲気は、美人というより可愛い印象だ。なんとなく緩い顔の造作と、間延びした話し方のせいだろう。

守下が頷いて了解の意を伝えると、奈田は微笑んで守下の隣に並んだ。楓の木を囲むベンチに、守下を挟んで右に奈田、左に中神が座る格好だ。

奈田と守下の背丈はほとんど変わらない。大きな瞳に真っ直ぐ見詰められて、守下は頬を引《ひ》き攣《つ》らせた。顔が赤くなっていないことを祈るしかない。

彼女とは、中神を介した付き合いでしかない。しかし一度だけ、守下は彼女と身の上話をしたことがある。

奈田は、渋谷にある大学で、初等教育を専攻しているという。話の流れで、守下が前職の訪問介護について話したら、彼女はいたく興味を示した。守下が多少尾ひれを付けて話をすると、奈田は少々大げさに思うほど感心してくれた。

それ以来、守下にとって奈田は気になる女性だった。

「昨日『えきっぷ』でお見かけしたんですけど、守下さん、春秋くんと一緒にいませんでした？」

「あいつと、知り合いなんですか？」

守下は記憶を探った。そういえば昨日、話の中で冬谷少年がそんなことを言っていたような気がする。

「あいつって！　いいなぁ！　それにお兄ちゃんとか呼ばれてませんでした？」

ちょっと待て。この人はあのときどこにいたんだ？

「いや、それは、あいつが俺のこと『おっさん』とか言うもんだから……」

「これが男同士のコミュニケーション……。あの子、私のことはどんなに頑張っても『奈田さん』なのに、守下さんはお兄ちゃんですか！　お兄ちゃん！」

興奮して守下の両手を握りしめてくる。その状態で「お兄ちゃん」とか言うのはいろいろな意味で心臓《しんぞう》に悪い。しかもここは楓広場。『えきっぷ』一階のど真ん中だ。

奈田は初等教育の勉強をしているだけあって子供好きらしい。少々度が過ぎている気もするが、ともかく。

「奈田さんは、あいつと親しいんですか？」

「友達です」

しっかりと言い切った奈田に、守下は憧れのような感情を覚えた。

「それなら、あいつがここに来るのは、奈田さんに会うためなのかな……？」

「違うと思いますよ。もしかしたら、友達だと思ってるのは私だけかもしれないです。だって、ケータイのアドレス、教えてくれないんです、春秋くん」

「え？　いや、あいつ、携帯なんか持ってないって」

「え？　持ってましたよ？　黄色いカバーのガラケー」

守下は奈田と顔を見合わせた。

「持ってないって言ってましたよ。お母さんが買ってくれないって」

「お母さんが心配だから買ってくれたって言ってましたよ？」

話が食い違っている。奈田が守下に嘘を吐くわけがないから、答えは一つしかない。

「あいつ、俺に嘘吐いてたのか……」

守下は唇を噛んだ。一度疑念を覚えればきりがない。学校があるはずの時間に『えきっぷ』にいたこと、防犯カメラの前で一時間も立っていたこと、それに絹野が「常連」と呼ぶほど、『えきっぷ』に通い詰めていたこと。

守下は、冬谷少年のことを何も知らない。昨日はじめて出会い、三時間ほど行動を共にしただけだ。思えば、そのきっかけもあやしかった。少年は、守下を警備員だと知って声を掛けてきた。少年は『えきっぷ』になんらかの用事があり、それを見逃してもらうために、警備員と知り合いになりたかったのではないか。そんな勘ぐりもできてしまう。

ああ、駄目だ。お腹の底に、真っ黒い感情が溜《た》まっていく。手先が、足先が、ジンと冷たくなっていく。冬谷少年は俺を利用しようとしただけだったのか？　昨日の楽しそうな様子はすべて演技で、俺はまんまと騙されていたのか？

「守下さん？　だいじょぶです？」

間延びした声と共に、手を握られた。冷たく震えていた守下の手に、奈田の温かい体温が伝わってくる。顔を上げれば、奈田が大きな目をさらに見開いて、守下の顔を心配そうに見詰めていた。

手を握られる感触に、ふと前職のことを思い出す。ベッドの上から動けない老人は、冷えた手首を両手で握り、さすってやるだけで安心する。手指というのは、人間が外界に伸ばした最大のアンテナなのだ。

奈田の柔らかい手の感触に、昨日、別れ際に冬谷少年と結んだ手の感触が重なった。あのとき、少年の手のひらには、しっかりと力が入っていた。嘘を吐いて大人を騙して喜んでいるような、そういう感触とは思えない。

守下は息を吐き、気を取り直して顔を上げた。

「奈田さん、少し話を聞いてくれますか」

奈田は頷いた。守下は、奈田に昨日の顚末《てんまつ》と、少年が今日も『えきっぷ』に来ていたこと、そして自分の感じている疑念を、つたない言葉で語った。

それを聞いた奈田は、ふんふん、と場にそぐわない軽い仕草で頷き、

「守下さんは、春秋くんのことが、好きなんですねー」

そう、守下の気持ちを代弁した。奈田の口から飛び出した言葉に、守下は思わず赤

面する。そして「好き？」とおうむ返しに訊き返すと、奈田は嬉しそうに微笑んだ。

「だって、昨日初めて会ったんですよね？　好きじゃなかったら、嘘吐いてたって、どうでもいいじゃないですか。好きだから悩むんですよ。心配になっちゃうんですよ。私もそうですもん」

だから、守下には冬谷少年を心配する資格がある。守下には、奈田がそう言ってくれたように聞こえた。

「……そうですね。俺は心配なんです。あいつが嘘を吐いているとして、子供が、しれっとあんな風に嘘を吐くなんて、何か理由があるのに決まってる。それを放っておくことは、決してあいつにとっても良くないことだと思うんです」

「私も賛成《さんせい》です！」

奈田は守下の手を痛いほど握りしめてくる。

「……春秋くん、もしかしたら、学校でイジメられてるのかもしれないんです」

奈田と会ったとき、冬谷少年がかがんだ拍子にランドセルが開き、中身がぶちまけられたことがあった。その中に、ひどい落書きをされたノートがあったと、奈田は悲しげに言った。

冬谷少年がときおり大人びた顔をするのは、そのせいだろうか。

守下が考え込んだそのとき、不意に中神が守下の肩を叩いた。

「なんですか？」

見れば、彼はタブレットを差し出している。守下はその画面を覗きこむ。

そこに映っていたのは、見覚えのある中神のイラストだ。前の職場がどうしようもなくなっていた頃に公開され、勇気をもらった絵の一つだから、よく覚えている。

だが、守下は久しぶりに見るその絵に驚いていた。

『えきっぷ』一階のにぎわう通路を、行き交う大人たちに交ざって、ランドセルのベルトをしっかりと握りしめ、前を向いて歩く小学生のイラストだ。季節は冬らしく、長袖長ズボンで、マフラーなどしているが、その横顔には見覚えがあった。

「これ……、あいつですか」

中神は答えない。けれど、そういうことだろう。けれど、だとするなら。

「もう半年近くも、ここをうろついてるんですか……」

小学生が悪目立ちする『えきっぷ』を、そんな長い期間、お金もないのに一人で彷徨っている。少年をそこまでさせる理由はなんだ。

「俺も、子供の頃は、何かあるごとに駅に来ましたよ」

中神の言葉に、守下は奈田と顔を見合わせた。

　中神が何を言いたいのかは、わからないではない。守下も中学生の頃に、ほんの一時期、里親のところにいたことがある。その間、家に居場所がないと感じていた守下は、辛いことがあると列車に乗り、疲れ果てるまで知らない町を歩き続けていた。

「だったら、俺たちが助けてあげるべきじゃないですか」

　守下も、中神がいろいろな人の頼みを聞いて、できそうな人にお願いしたり、自分で動いたりと、人の縁を繋ぐような仕事をしているのは知っている。中神が「神様」などと冗談交じりに呼ばれるのはそのためだ。

　中神がタブレットから顔を上げた。その表情に笑みはない。悲しむような、困ったような、そんな切ない顔だった。守下は、彼のそんな顔を見たことがなかった。

　中神は何かを知っている。けれど、それは明らかに拒絶の意思表示だった。


「こんにちは。いい天気ですね！」

　守下と三日ぶりに会った奈田は、『えきっぷ』の天井を見上げて言った。天井には採光のために窓が取られ、久しぶりの晴れ間から日差しが注いでいる。心なしか、今日は湿気も少なく快適だ。

『えきっぷ』二階、ハンバーグ・レストランの前の通路だった。守下は、冬谷少年との約束よりも少し早い時間に、仕事上がりの奈田と合流した。今日も彼女は仕事の延長のような素っ気ないシャツとコットンパンツの姿で、守下は少々がっかりした。まあ彼女の目当ては小学生の少年なのだから、着飾ってくるほうがおかしい。

守下は二階の吹き抜けの手すりに手を乗せて、『えきっぷ』の一階を見下ろした。隣に、奈田が同じ仕草で並んでくる。

「あれ、中神さんじゃないですか？　あそこ」

奈田が指さした、一階のスイーツコーナーの隣にある、よく警備員が立哨している白い柱の前。そこに中神がいて、誰かと話している。相手は半袖のポロシャツに、野球帽を目深《まぶか》にかぶっていて、顔はわからない。

「やっぱり、気になって来ちゃったんですかね」

「どうなんだろ。たまたまかもね」

守下はそう言って笑い飛ばすような仕草をする。

「あ、春秋くん、来ましたよ」

コンコースから入ってきた少年の姿を、守下も認めた。半袖のTシャツに、今日は珍しく長ズボンを穿《は》いていて、ランドセルの代わりに白い布の肩掛け鞄を下げていた。

ランドセルと鞄のサイズの違いのせいか、少年の姿は前に会ったときよりも頼りない印象を受けた。

　奈田はエスカレーターで一階に降りていく。守下もそのあとに続いたが、一階に降りたところでふと視線を感じて立ち止まった。中神がこちらを見ている。彼と話している男性のほうは、こちらに背を向けていた。

「春秋くん。お久しぶりですー」

　奈田の声が聞こえて、守下も二人のところに近寄った。

「あれ、奈田さん？　兄ちゃんと友達なの？」

　少年は早くも奈田に頭をなでられながら、守下を見上げて困った顔をする。

「奈田さんがお前に会いたいっていうから連れてきたんだよ。嫌だったか？」

「嫌じゃないけどさ……」

　少年は、屈みこんで抱きしめようとしてくる奈田の手を、大いに顔を顰《しか》めてはいたが、大人しく受け入れた。嫌じゃないけど苦手。そういう仕草だ。

　少年は奈田の腕にすっかり抱き上げられた。少年は子供扱いされるのが不満なようで頬を膨《ふく》らませているが、守下にしてみれば少し羨ましい。

「なあ冬谷くん。そのままでいいからさ、ちょっと訊きたいことがあるんだ」

守下は少し膝を曲げて、冬谷少年と目線の高さを合わせた。

「何？　兄ちゃん」

少年が守下を見る顔は、無邪気な喜びに満ちていた。胸の裡《うち》に少なくない罪悪感を覚えながらも、守下は声に力を入れた。

「冬谷くんさ。ずっと『えきっぷ』に通ってるみたいだけど、何か困ったことあるんだろ。学校とか、家のこととか……。な、兄ちゃんに話してくれないか。助けになってやるからさ」

優しい大人を心がけて、柔らかく話した。

少年は喜んでくれると思っていた。きっと、誰にも頼れなかったんだと思う。一人で知らない町を歩いていた守下と同じに、パッと目の前に優しい、本当に自分のことを考えてくれる大人が現れることを、ずっと心のどこかで望んでいた。

だというのに、少年の顔は彫像のように強《こわ》ばっていった。

「……兄ちゃん？」

相手は小学生だ。難しい言葉を理解できなかったのかと思い、守下は言葉を連ねた。

「俺は冬谷くんを助けてやりたいんだ。いじめられてるんだろう？」

反応は劇的だった。少年は突然、奈田の腕の中で暴《あば》れ出した。驚いた顔で押さえようとする奈田に、真っ赤な顔で少年は叫んだ。

「放せ！　放してよ！」

守下を見る少年の目には、敵意すら感じられた。守下にはわけがわからない。嘘を吐いていることを責めたわけではないのだ。それなのに、少年はまるで裏切られたような顔をしている。

「あの人です！」

鋭い、緊張に満ちた女性の声が、『えきっぷ』に響き渡った。

混雑しはじめた『えきっぷ』の通路を、客を掻き分けて歩いてくる、二人の制服。それは警備員のものによく似ているが、警備会社のマークは付いていない。

「警察だ。子供を放しなさい」

男の、腹の底からビリビリと響く、重く冷たい声。

守下の頭は真っ白になった。奈田も同じだろう。彼女が腕の力を緩めると、冬谷少年が床に尻餅《しりもち》を突いて、小さくうめいた。発言したのとは別の警官が、その少年を両手で抱き上げる。

「お二人さん。ちょっと、連絡所のほうで話を聞かせてもらえるかな」

守下には状況がまったくわからない。しかし、怯えた目でこちらを見てくる奈田を放ってはおけなかった。彼女の震える手を握ると、奈田の緊張がかすかに緩むのがわかった。守下は警官を見上げた。

「俺たちが何かしたんですか」

「それをいまから訊くんだ。それとも、何をしたか自覚があるのか？」

守下は後ろに回った警官に、背中からベルトを摑まれた。腰は身体の中心だ。そこを押さえられると大きな力が出せなくなる。それも介護の仕事で知っていた。

警官が力を入れて背中を押してくる。守下は歩くしかない。奈田も大人しく付いてくる。通行客やショップのスタッフの視線が痛い。中には守下や奈田を知っている者もいるだろう。

本物の警官を相手に、守下は完全に気を呑まれていた。言葉一つ発しても、何かの犯罪になりそうな気がする。冬谷少年が何か言ってくれないかと思ったが、彼は不安と怯えを目に湛《たた》えて、先ほど警官を連れてきた、中年の女性を見詰めていた。

四十がらみの痩せた女性だ。母親、なのだろう。女性のほうも、およそ子供を心配する親とは思えない苛立った顔で、少年を見詰めていた。

警官の手に力が入る。守下は奈田の手を握ったままだが、その手を警官にじろりと睨まれた。守下はそっと手を放したが、今度は奈田のほうから握ってきた。

少年を抱いた警官は、母親に近づいている。警官は暴れる少年を母親に渡そうとするが、母親は受け取ろうとしなかった。

守下はベルトを掴まれたまま『えきっぷ』のメインゲートを出た、そのときだ。

「すいません、ちょっといいですか？」

警官二人に、物々しく連行される守下と奈田。それに道でも尋ねるように話しかけてきたのは、黒い革のバッグを肩に掛けた軽装の男、中神だった。

「……またあんたか」

守下のベルトを掴んでいる、年かさの警官が嘆息した。中神とは知り合いらしい。

「いいからどきなさい。話があるなら取《と》り調《しら》べたあとで聞くから」

中神はあくまでも穏やかな調子で、警官に、というより少し離れて怒り顔を崩さない女性に話しかけるように言った。

「目撃者の方が、いますぐにお伝えしなければいけない、大事な話があるそうです」

中神の言葉に、いつもと違う硬い雰囲気を感じて、守下は顔を上げていた。同じように、警官に抱かれたままの少年も中神を見ていた。

その横に、ポロシャツに野球帽の、初老の男が立っていた。

そんな格好をしているからわからなかったが、正面から見れば一目瞭然《いちもくりょうぜん》だ。

「あんた、警備の……？」

警官の不審そうな呟きに、初老の男の肩が大きく震えて丸まった。その耳元で、中神が強い声で囁いた。

「絹野さん」

背中を突き放すような重い声。あの中神にこんな声が出せるのかと、守下は驚いた。

その声に勇気をもらったのか、あるいはヤケになったのか。

私服姿の絹野は、真っ直ぐに警官に抱かれた少年を見詰めた。

「春秋。元気にしてたか」

悲しい、思い詰めた顔をしていた少年が、その目に驚きを浮かべた。

そして、ありったけの大声で叫んだ。

「とうちゃん！　助けて！」

振り絞るような少年の声に、絹野は突進するような勢いで警官に近寄り、その腕から少年を奪い取った。

誘拐《ゆうかい》の事実がなかったことを何度も確認してから、二人の警官は憮然《ぶぜん》とした顔で去っていった。

「中神さんは、知ってたんですね」

中神は、責めるような守下と奈田の視線にさらされ、申し訳なさそうに頷いた。そしてため息を一つ吐くと、くだけた口調で話しはじめる。

「冬谷くんはね。お父さんの姿を見に、『えきっぷ』に来ていたんだ。話したことはないけど、しばらく見ていたらわかったよ。絹野さんを見たときだけ、目の輝きが違っていたから」

中神は、タブレットに映したランドセルの少年のイラストを、切なそうに眺めていた。

「彼はね、きっとそれで満たされていたんだ」

先ほどの少年の反応、それに絹野の態度を見合わせて、守下もようやく事情が呑みこめてきた。

「辛いことがあるたび、大好きだったお父さんが働いてる姿を見にやってくる。燕町駅に来れば、絹野さんはだいたいいるからね。駅だったら、小学生が一人でやって来たってそう変でもないし、危険もない。お父さんが一人で頑張ってるところを見られれば、冬谷くんも元気が出る。そうやって、もう何ヶ月もやってきたんだ」

想像だけどね、と中神は呟いた。けれど、何年もこの場所で人間観察をしてきた中神の言葉には重みがあった。言葉を続けようとして、中神の顔は曇《くも》る。

「でも、切れちゃったんだろうね。せっかくできた知り合いに、イジメのこと知られて、いままでずっと我慢してたのが、さ。まだ小学生だから無理もない」

そうか、そういうことか。守下は臍《ほぞ》を嚙む。俺は、過去の自分が一番嫌いだった、『訳知り顔の大人』を演じてしまっていたのだ。

「じゃあ、俺に近づいたのは……」

「燕町駅に来ても、お父さんと絶対会えるわけじゃない。きっと絹野さんのスケジュールを知りたかったんだろうね。でもお母さんにばれると怒られるから、連絡先は交換できなかった。それでも、土曜日に出かけたもんだから、お母さんが不審に思って見つかっちゃった」

守下は視線を落とし、『えきっぷ』の床を見詰めていた。

「俺を、責めてるんですか。迂闊《うかつ》なことをしたって」

「いや……」

中神は、まるで自嘲するように言葉を切った。

「守下さんのしたことは、立派なことだ。でも今回はうまくいかなかった。それだけさ」

　中神の言葉はまるで、中神自身に向けたもののようで、無数の諦念《ていねん》が、まるで背後《はいご》霊《れい》のように絡みついていた。


「あなたの手引きだったわけね」

　少し離れたところから、甲高《かんだか》い声が聞こえてきた。

　少年の母親が、絹野を冷淡に睨みつけている。

「この子には、二度と近づかないでって言ったでしょう？」

「わかってる。わかってってから、春秋に辛く当たらんでくれ。なあ、さっちゃん」

「馴れ馴れしく呼ばないで！」

　母親のヒステリーのような金切り声に、少年は明らかに怯えていた。だが、逃げ出そうにもその手は母親にがっちりと摑まれている。

「やり方が汚いのよ！　私がいないあいだに、こんなところまで子供を呼びつけて。一人で電車に乗せたりして、何かあってもあなたじゃ責任取れないでしょう！」

　絹野は顔を上げたが、反論しようとした言葉を呑みこんでしまった。

絹野さん。あなたが頑張らなきゃ……。守下はそう心の中で呟いた。いつも俺に言ってるご高説はどうしたんですか。息子一人守れないで、『えきっぷ』を守るなんて言えるんですか。

俯《うつむ》いていた少年が顔を上げたのはそのときだ。

「とうちゃんが呼んだんじゃないよ。俺が、勝手に来たんだ。とうちゃんと話したの、今日がはじめてだよ」

「嘘おっしゃい！」

母親の金切り声に、少年の目にじわりと涙が滲《にじ》んだ。

「嘘じゃないよ！　とうちゃんのお仕事、邪魔しちゃいけないし、……母ちゃんが怒るの、わかってたから」

言葉の後半、母親に睨まれた少年は、またひどく悲しげに俯いてしまう。

母親は眦を吊り上げ、再び絹野に目をやった。

「いいですか。この件は、あいだに弁護士を立ててきっちり処理させていただきます。春秋を危険にさらしたんですから、養育費の増額だって考えてもらいますからね！」

絹野は、何度も、何度も切なそうに子供の姿を見ている。だが彼は、一言だって母親に反論しようとしなかった。

血をもらった両親に挟まれているのに、少年は、まるで寄る辺ない孤児のように震えていた。

そんな光景を見せつけられて、守下の頭は沸騰《ふっとう》した。

「あんたらなあ――」

大きな声で言い、詰め寄ろうとした守下の肩に、中神の手が食いこんだ。

「守下さん、あなたはどうしたいんですか、あの子を」

中神の言葉に、守下は唇を強く噛みしめた。

これでは三ヶ月前に、怒りをまき散らして職場を追われたときの二《に》の舞《まい》だ。親と子のことになると、守下は周りが見えなくなってしまう。しかし肩に食いこんだ手が、そこに籠もった強い力が、守下の激情をなんとかつなぎ止めてくれていた。

唇が切れ、血の味がした。

「……俺は、あいつを守ってやりたいんです。それはホントは親の仕事だってわかってますよ。でも、その親があれじゃあ……」

「守下さんは、あの子のなんですか？」

皮肉を言われたのかと思った。けれど、中神の口調に嫌みはなかった。

考える。相手はたった一日、ほんの数時間過ごしただけの少年だ。会うのは今日で二度目。たくさん嘘も吐かれたし、そもそも最初から守下を利用しようとして近づいてきた可能性が高い。少年のために何かをしてやろうとか、そういう義理を感じる必要はカケラもない。

けれど、思うのだ。何かをしてやりたい。その感情は理屈ではなかった。別れ際に握った少年の手のひらは、楽しい一日に熱《あつ》く火照《ほて》っていた。それはきっと、守下の手を握った少年も感じていただろう。

問いの答えは、頭の中にすっと浮かび上がった。

「友達、だ。そうか、友達なんだ」

自分の立場を言葉にしただけで、頭に上った血は引いていった。

「私も、友達です」

隣で長身を竦めていた奈田も、そう呟いて拳を握りしめていた。

守下は歩き出していた。今度は中神も止めなかった。

俯いたままの絹野を責め立てていた母親が、守下に気づいて視線を向けた。

「まだいたんですか、あなた。訴えられたくなかったら、とっとと消えて」

大人目線で母親を叱っても、絹野を責めても、少年はみじめになるだけだ。中神に止められなければ、怒りのままにそうしていただろう。だから、守下は両親を無視し、冬谷少年の前に屈みこんで目線を合わせた。

「冬谷くん」

震えていた少年が、力ない仕草で顔を持ち上げた。その顔が、過去の自分と重なるようで、守下は胸に強い痛みを感じた。

守下良吾はひよっこの社会人だ。大人と言うにはまだまだ、殻の付いたヒヨコだ。だが、このときばかりは精一杯見栄《みえ》を張った。頼れる大人でありたかった。

「お前に何があっても、兄ちゃんはお前の友達だ。だから、言いたいこと全部、お母さんとお父さんに言ってみな」

守下の言葉に、少年は幾度か、目を瞬《しばた》かせた。

何かに耐えるように、ぎゅっと結んだくちびる。信じていいのかと、その目が守下に問いかける。守下は、その問いに答えて大きく頷いた。

とたん、大粒の涙が、少年の目からあふれ出した。

泣きながら守下にすがりつき、彼は叫んだ。支離滅裂な言葉がその口から噴《ふ》き出した。切れ切れの単語が泣き声に混じって続き、辛うじて学校で何かあったことは聞き取れた。

奈田が屈みこみ、守下に抱きついた少年の背中をなでた。

「学校で、クラスのヨシダくんと、タケルくんと、ノノミヤくんに、掃除のモップで何度も叩かれた、って言ってます。バッティング練習とか言って、ズボンを脱がされて、いい音が出るからって、太ももを狙《ねら》われたって。一度だけじゃない、掃除当番のたびに、毎回、毎回って」

奈田がすらすらと少年の言葉を読み解いた。生々しい内容だった。少年にとっては、絶対に知られたくなかった恥の記憶かもしれない。それを、守下を信じて話してくれたのだ。

唖然としていた母親が、金切り声で少年を叱りつけた。

「なんでそんなこと……！　どうしてお母さんに言わないのよ！」

「お母さんに、そうやって叱られるからじゃないですかね」

守下の言葉に、母親だけでなく、父親の絹野のほうまで絶句した。

いじめを受けても母親に相談もできず、一人で耐えようとした少年の、たった一つの心の支えが、絹野の制服姿だった。自分を捨てた父親しか頼れないほど、少年は孤独だった。

彼に必要だったのは、ただ、「友達」の一言だったのだ。

中神はとうに気づいていたのだろう。けれど中神は少年とは面識がなかった。これは、守下が自分で気づき、言わなければならないことだった。

「お父さん、お母さん。俺はこいつの友達です。二人がこいつをいじめるなら、俺が二人からこいつを守ります。でも、お二人だって、本当はこいつのこと、愛してるんでしょう？　俺は親がいないからわかんないけどさ、本当に愛してるから、ぐちゃぐちゃになっちゃって、素直になれないんでしょう？」

守下の切々とした問いかけに、二人は答えなかった。もう、守下に言うべき言葉は残っていない。そっと守下は少年の頭をなでていた。あとは、どちらかが勇気を振り絞ってくれることを祈るしかなかった。

凍りついたような緊張の中、コンコースの喧噪《けんそう》が、まるで場違いなバックグラウンドミュージックのように響いていた。

「……さっちゃん」

絹野が、痩せた女性を、初めてまっすぐ見た。女性の肩が、痙攣《けいれん》するように大きく波打った。

「少し、話そうや。春秋にとって、何が一番いいかを、さ」

絹野の声は、身も世もなく震えていた。それでもその言葉に、痩せた女性は小さく頷いてくれた。

守下は、『えきっぷ』の職員に事情を説明する絹野に付き添っていた。

「個人的な事情でご迷惑をお掛けしました」

応接室で頭を下げる初老の男に、防犯担当の『えきっぷ』社員、伊吹は、生真面目に硬い顔を作って言った。

「勤務時間外でのことなので、警備会社に報告はいたしません。ただ、駅のほうには事情を説明することになると思います」

誘拐騒ぎで鉄道警察も出てきてしまったのだ。それは当然だろう。その結果、絹野になんらかのペナルティが科される可能性は当然ある。

けれど警備員歴二十年、開店してもうすぐ十年になる『えきっぷ』にも、初めの頃から常駐《じょうちゅう》していた絹野は、職員には大いに信頼されている。伊吹の様子からもそれは感じられたから、きっと大したおとがめはないだろう。

付き添ってきた守下にも、一言ぐらい何かあるかと思ったが、伊吹はそれだけ言うと二人を解放してくれた。

バックヤードから店舗《てんぽ》の表側に戻る、短いあいだ。守下は、どうしても絹野に聞きたいことがあった。

　隣を歩く、初老の男を見上げる。ニコチン臭くて、加齢臭がして、説教癖がある、苦手な先輩警備員。

「絹野さんは、どうして冬谷くんに声を掛けてあげなかったんですか」

　親子じゃないですか。子供が何度も助けを求めに来ていたのに、どうして。

「俺が声を掛けたら、さっちゃんが怒るだろ。とうに別れた夫のところに、子供が来てるんだからよ」

「そんなの、秘密にしておけばいいじゃないですか」

　絹野の顔が歪んだ。そこに浮かんでいるのは、後悔だ。

「俺はよ、守下。あいつを捨てたんだ。警備の仕事にかまけて、さっちゃんに押しつけた。そんな奴《やつ》が、のうのうと子供に話しかけていいと思うのか」

　負い目を背負った初老の男に、守下はきっぱりと頷いた。

「いいと思いますよ、別に。冬谷くんだって、ずっとそれを待ってたんですから」

　まったくじれったい両思いだ。守下の言葉に、絹野はふっと表情を緩めた。

「これからはそうするよ。まずは俺から、素直にならなきゃな」

　効いたよ、オメェの言葉。そんなことを呟いて、絹野は店舗表の扉を押し開けた。

「お花にお総菜、ワインにチョコレート……。なんでもあるのねえ。それにどのお店も可愛らしくって」

緊張を解いた母親は、得意げな息子《むすこ》に案内されて『えきっぷ』を巡っていた。

「冬谷くんが好きになった場所を、見ておくのもいいと思いますよ」

少年のイラストを母親に見せながら、中神がそう勧めたのだ。一通り回り終える頃には、彼女は興奮に薄く頰を染めていた。

そこに、絹野と守下が戻ってくる。絹野の姿を見て、「とうちゃん！」と誰憚《だれはばか》ることなく手を振る少年に、守下は感動で目頭が熱くなった。見れば、母子に付き添っていた奈田も、同じような顔をしている。奈田の手が思わず少年を抱きしめようとしたので、守下は慌てて制止した。いまだけは、それは父親の役目だろう。

絹野からは「世話になったよ。ありがとう」と手を握られ、母親からは「ご迷惑をお掛けしました」と、まだ打ち解けない硬い声で言われた。

そのあと、一階のカフェに入った三人が、どういう話し合いをしたのかは、守下にはわからない。だが、冬谷少年がまた『えきっぷ』に来て、笑顔を見せてくれることだけは確信できた。

　別れ際の、奈田の言葉が嬉しかった。

「春秋くんを守ってくれて、ありがとうございます。私もすっごく不安でしたけど、守下さん、本当格好良かったです。さっすが警備員です！　尊敬です！」

　子供のように目をキラキラさせて、手を握ってくる。恋愛関係からは遠のいた気もするが、守下は満足だった。

　それからは、警備の仕事にも張りが出た。

　お客には笑顔で応対し、スタッフの要望にもてきぱきと応える。何より、冬谷少年と奈田を守った経験が、毅然《きぜん》とした対応に繋がった。事件から数日後、守下は暴れる酔っ払いを見事に取り押さえ、それからは絹野と共に『えきっぷ』に常駐することになった。

　給料のためだけではなく、『えきっぷ』とそこに集《つど》う人々が好きだから守る。そう思えるようになっていた。

　そして今日も、仕事を終えた守下は、梅雨の湿気にうんざりしながら、コンビニでコーラを買った。

　店先でペットボトルをくわえていると、自由通路の壁に背を預けた中神の姿が目に入った。彼が改札の外にいるのは珍しい。彼のすぐ近くに、開襟《かいきん》シャツのクールビズ姿のビジネスマンがいて、中神と何事か話をしているようだ。

守下はコーラを飲みながら、話が終わるのを待っていた。

「おつかれさまです、守下さん」

するとと中神のほうから声が掛かった。守下は微笑みを浮かべて近寄った。

「こんにちは、中神さん。こちらは？」

守下が、この場に居合わせる人物に興味を持つのは初めてだ。しかし守下自身は自分の小さな変化に気づいていなかった。中神が、そっと微笑んでいる。

「桜庭です。中神さんにはお世話になっております」

男性は名刺を差し出した。近くのオフィスに勤めるSEらしい。そして同時に、中神のファンであるという。

「僕は『えきっぷ』で警備の仕事をしています」

守下の言葉には、気負いも恥じらいもなく、かすかな誇りがあった。桜庭が微笑む。

「中神さんの新作は、もしかしてあなたがモデルなんですか？」

それは昨日の夜に、中神のホームページに掲載されていた。制服を着た警備員が腰の前で白手を組み、口元に微笑みを浮かべて、毅然、というより穏やかに立哨し、お客とスタッフを見守っているイラストだ。一つ前の、梅雨の湿気に染まった物産展のイラストを見たあとでは、ことさらに強い生気を感じさせる。

「僕ではありません。あの絵のモデルは、僕の先輩です」

口うるさくて、ニコチン臭くて、あまり尊敬できない先輩ですけど。守下は内心で笑っていた。けれど最近は息子のために、煙草は止めたらしい。

桜庭は目を細めて微笑んだ。

「そうですか。私の仕事場のビルにも警備員がいますが、見守る、という仕事は、子供を育てる親みたいなものだと思います。大変なお仕事でしょうが、頑張ってください」

「親……ですか」

守下にとって、それは特別な言葉だ。桜庭の言うことは大げさに思えた。しかし、同時に納得も覚えていた。

絹野が父親として自覚を見せたのが、守下は本当に嬉しかった。もしかしたらあのとき、孤児だった過去の自分も、少しだけ救われたのかもしれない。

「ありがとうございます」

それでは、と桜庭は改札に入っていった。

桜庭の言葉が耳に残っていて、守下はしばし、その場に立ち尽くしていた。

守下の隣で、中神はタブレットにタッチペンを走らせている。

「駅っていうのは、みんなが集まるところですからね」

中神が、独り言のように呟いた。そのあとに、今日もその「みんな」を描く、ペンの音だけが響いていた。

守下の携帯電話が、メールの着信を告げた。携帯を取り上げて内容を見た守下は、くすりと笑って中神に言う。

「ちょっとワガママな王子様と遊んできます」

「いってらっしゃい」

笑み混じりの声に見送られ、守下は歩き出した。

これから駅がにぎわいを増していく十七時。スーツ姿のビジネスパーソンを中心に、たくさんの客が改札を行き交っている。けれどそれを見た守下が、もう疎外感を覚えることはない。

ここは、みんなの集まる駅。

この場所を守るのが、俺の仕事だ。

第四話

思い出

ステンレスの列車を降りると、立ちくらみがした。

冷房の効きすぎた車内と、真夏の日差しに炙《あぶ》られたコンクリートのホーム。その激しい温度差に、三波薫子《みなみかおるこ》は面食らい、おぼつかない足取りでホームを踏んだ。そのとたん、後ろの客に背中を押されてよろけそうになる。

見栄なんか張って、もう何年も袖を通していなかった黒のドレスなんか着てこなければ良かった。靴だって、こんな踵の高いパンプスより、いつものベタ靴でいい。

ようやくコンコースに上がる階段にたどり着き、手すりにすがりついた三波は、どかどかと階段を上っていく一団をやり過ごした。

「……元気だねぇ。まったく若い人は」

六十の坂を過ぎ、身体が満足に動かなくなってから、遠出をすることはなくなっていた。熱気に一歩も動けなくなった三波は、客の波が去るのを待ってから、階段に腰を下ろした。

ホームに立っている若い駅員が、三波をちらりと見たのがわかる。老人は、若い人が思うよりずっと視線に敏感だ。いいじゃないかい、少し休むだけだよ。そう心の中で呟いて、三波はため息を吐く。

昨日は、ほとんど眠ることはできなかった。立ちくらみの余韻と、もう何年ぶりかもわからない、人にあふれた列車で疲れ果てた三波は、いつしか寝息を立てていた。

「おばあちゃん、おばあちゃん。大丈夫ですか」

知らない男の声で、三波はまどろみから醒《さ》めた。

羽毛布団にくるまったように全身が温かい。日陰になっていたはずの階段は、西日に赤々と照らされていた。

「こんなところで眠っていたら、熱中症になってしまいますよ」

穏やかな男の声。駅員かと思ったらそうではない。麻の長袖のシャツを着た、若い男だった。彼は心配そうな顔で、三波を見下ろしている。

いつのまにか、全身に汗を掻いていた。喉《のど》もひどく渇いている。

「お水、飲みますか？」

男はスポーツドリンクのペットボトルを差し出した。その声は優しかった。けれど、三波は若い男を見ると反射的に警戒してしまう。詐欺師《さぎし》はいつだって優しいものだ。

だが、喉の渇きには勝てなかった。三波は険の籠もった目で男を見上げる。

「いただくよ。幾らだい？」

三波の言葉に、男は首を振った。それに構わず、三波はバッグから財布を取り出そうとした。だが、その手は空を切った。

傍らに置いたはずのバッグがない。頭が真っ白になった。あれには財布も、家の鍵も、年金手帳も、はんこだって入っている。

「あんたが盗《と》ったのかい！」

男は悲しげに首を振った。それはそうだ。置き引きが盗ったあとにわざわざ引き返して、被害者を介抱するわけがない。

「警察に行きましょう」

「警察は駄目だよ！」

三波は叫んでいた。ただでさえ娘にはひどい負い目があるのに、警察なんかにお世話になったら、どれだけ軽蔑されるかわからない。

三波は、つい一週間前に、巧妙な詐欺に引っかかって、なけなしの貯金すべてを失った。額《がく》は三千万円。亡くなった夫が遺《のこ》してくれた生命保険だ。折り合いの悪い一人娘をようやく追い出し、年金と貯金でひとり穏やかに余生を過ごそうと、そう思っていた矢先だった。

終《つい》の棲家《すみか》は六畳一間のアパートで家賃も安いが、年金だけでは生きていけない。膝を悪くしているので、外に出て働くこともできない。三波は大いに煩悶《はんもん》したが、首を括《くく》るよりは娘に頭を下げるほうが少しはましだと、身を裂かれるような思いで切符を買ったのだ。

その挙げ句に、全財産を奪われたことにも気づかずに、駅の階段で寝こけている。自分はどれだけ愚かで間抜けなのだと、三波の顔は、怒りで真っ赤になった。

「絶対に警察は駄目。娘に知られたら……」

ああ憎らしい娘の顔！　詐欺に遭ったことを、三波はまだ娘に伝えていない。その上、鞄《かばん》を盗られて路頭に迷ったとなったら、娘は鬼の首を取ったように三波を責め立てるに決まっている。三波は何も言い返せず、力関係はそれで決まってしまって、三波は残りの一生をずっと、娘の言いなりになって生きていくしかない。

怒りで真っ赤になった顔に、まるで火が点《つ》いたような痛みを感じた。

ぷちん、と頭の中で何かが切れるような音がした。

「とにかく、これを飲んでください」

冷えたスポーツドリンクを渡された。男の手がキャップを開けてくれる。そうだ、喉が渇いてしかたがなかった。三波は飲み口をくわえると、貪《むさぼ》るようにスポーツドリンクを飲んだ。

甘みのある冷えた液体が、火照った身体に染みこんでいく。その冷たさが、頭の中まで染みこんでいくようで、三波は怒りを忘れていた。口元から少しこぼれて、ドレスの胸元にスポーツドリンクが垂れた。その冷たさも気持ちがいい。

「わかりました。警察には連絡しません。娘さんの電話番号はわかりますか？」

男の落ち着いた声が、耳に響いている。

娘？　娘とはなんだっけ。私はここで何をしてるんだ。そもそも、ここは何処《どこ》だい？

三波は頭を持ち上げた。西日に照らされた駅名標は「つばめちょう」と読めた。

「あら、ここは燕町の駅ね」

頭の中の記憶を、ティースプーンで掻き回されるような感覚があった。それは決して不快なものではなかった。

「正治《まさはる》さんを迎えに来たのだっけ。……あらいやだ。正治さんは、死んじゃったんだよ。じゃあ、あたくしはなんで燕町に……」

三波は、すぐ近くに立っている、スポーツドリンクをくれた男を見上げた。彼は何か手に板のようなものを持ち、その表面を指で叩いている。強い西日に逆光になっていて、その風体はよく見えない。彼は、三波に陽を当てないよう、影を作ってくれているらしかった。

「それに、あなたは？　ああ、申し遅れました。私は三波薫子と申します」

「中神幸二です。お身体のほうは、大丈夫ですか？」

スポーツドリンクは、まだ半分くらい残っていた。ホームの雑踏の音を聞きながら、三波はゆっくりとそれを飲み干して、息を吐いた。

「歳ですからね。少し疲れるのはしょうがないんです。けど懐かしいわ」

三波はホームに立つこぢんまりとした売店を見て、微笑んだ。

「十八歳の頃から、私はあすこで働いていたのよ。燕町のマドンナ、みたいに呼ばれていたこともあったぐらい。想像もできないでしょ？」

顔は見えないが、青年が驚いた気配があった。西日に照らされた箱形の売店には、いまも若い女性がすっぽりと収まっていて、新聞や煙草を求める乗降客に笑顔を振りまいている。

「いまはなんて言うんですか。電子のカードでピッてやりますけどね。私なんかの時代には、お客さんがガムや新聞を手に取った瞬間に、値段とお釣りを暗算しなきゃ間に合わなかったから、それを覚えるのが大変で……。でも、あの頃は若い女性の職場なんてありませんでしたでしょう。今日みたいな暑い日も、雪が降っているような日も、辛抱《しんぼう》してあの中で一日中働いていました」

三波は懐かしそうに語りながら、売店で働く女性の姿を見詰めていた。

「大変なお仕事ですね」

中神という青年の、穏やかな声が降ってくる。

「そうですよ。いまじゃどこにでもコンビニがありますけど、昔は朝夜に物が買えるところなんて、駅の売店しかありませんでしたから。始発から終電まで、ずっと開けていた時期もあったくらいです」

三波は青年にペットボトルを返すと、皺《しわ》の浮いた頰に手を当てて彼の姿を見上げた。

「ところで、私はどうして燕町の駅にいるんでしょう？」


頭の中の記憶は、まるですべてが夢の中の出来事のように混濁《こんだく》していた。

これが、ボケるということなんだろうか。だとすれば、思っていたほど不快ではなかった。けれど、この人の良さそうな青年に迷惑を掛けるのは気が進まない。

中神は、三波が眠っているあいだに、鞄をなくしていることを、落ち着いた口調で説明した。つまり自分は一文なしだということだ。そのくせ不思議と落ち着いているのは、ここが他でもない、燕町駅だからだろう。

「三波さん、名前以外に思い出せることはありますか」

「そうですねえ……」

困惑のため息を吐いて、三波は自分の頭の中を覗きこむ。

三波という名字は、夫の三波正治からもらったものだ。燕町駅のマドンナ、なんて呼ばれていた時分に、夫は彼女の働く売店に何度も通い詰め、毎回、山ほどの買い物をして気を惹いた。そんな思い出だけは鮮明で、けれどいまの住まいのことや、自分がここにいる理由は何も思い出せない。

三波はふと思い立って、ドレスの端々に手をやった。小さなポケットに、硬いものが入っていた。取り出してみると、それは切符だった。

『東京都内→岡山市内』と書かれている乗車券と、同じ区間の特急券だ。

「これは、私の切符、かしらね」

岡山、という街の名前は、どういうわけか、ひどく嫌な響きを持っていた。

「見せてもらってもいいですか」

「ええ」

二枚の切符を受け取った中神は、眉をひそめた。

「この指定席、17時17分の博多行きですね。あと10分ですよ」

それを聞いて、三波はほとほと困ったように眉を寄せた。

「なんにも覚えてなくって。どうしましょう。こんな状態で列車に乗ったって、向こうの駅で途方に暮れてしまいますよ」

「三波さん。それなら、とりあえず指定席を遅い時間の列車に替えましょう。その間に、鞄が見つかるかもしれません。警察には行きたくない、とのことでしたから、まずは駅の拾得物《しゅうとくぶつ》を見てみましょう」

「あら、それは私が言ったの？」

不思議そうに見上げる三波に、青年は困ったように頷く。こうなる前の話だろうか。警察に行きたくない、とは穏やかではない。自分は何か悪いことでもして、そのことのショックで記憶を飛ばしてしまったのだろうか。

三波の心を不安がかすめる。そこに、絶妙のタイミングで中神が微笑んだ。

「列車が出るまで、少し駅を歩きませんか。何か思い出すかもしれません」

なるほど、そうかもしれない。しかしこの青年は、どうしてこんなに親切なのだろう。三波は内心で首を傾げながらも、その親切に甘えることにした。

「そういうことなら、お願いしたいわ。ご迷惑じゃなければ……」

「ええ、大丈夫です。それじゃ、切符を交換してきますので、三波さんはここにいてください」

「はい。ありがとうございます」

中神は、思わずこちらも笑顔になってしまうような、柔らかい微笑みを残して階段を上がっていった。

その背中が見えなくなるより早く、ホームにステンレスの列車が滑りこみ、吐き出された客が、階段に殺到する。階段に座りこんでいる老女に、無遠慮な視線が投げかけられる。気遣わしげな視線もあるにはあったが、中神のように声を掛けてくる人は一人もいなかった。

昔なら。三波は思う。自分があの売店で働いていた頃は、何もかもが騒がしく、暑苦しかった。こんなところに婆《ばばあ》が座っていたら、遠慮なく怒声を浴びせかけられただろう。けれど同時に、お節介に助けてくれる人もいた。駅員を呼ぶ人もいた。三波自身も、貧血で倒れたお嬢《じょう》さんを、売店から飛び出して介抱したこともある。

まったく、昔のことだけが鮮明だ。頭の上には大きな駅舎が被さってしまったけれど、ここから見るホームの眺めはほとんど変わっていない。

ホームの売店は、三波がいた頃より一回り大きくなっている。いまも電車から降りた客が、雑誌や小分けされた菓子を買い求めていた。もう少しそれを見ていたかったが、西日も暑いし、いつまでも階段に座るなんて、はしたないことをしていられない。三波は手すりに手を掛けて立ち上がった。

「うん。大丈夫だわね」

膝の痛みは大したことはない。ゆっくりと、一段一段、三波は階段を上りはじめた。踵の高いパンプスが、ひどく歩きづらい。どうして私はこんな靴を履いてきたんだろう。黒のドレスに黒のパンプス。これではまるで喪服だ。

三波がホームの売店で働いていた頃、この階段の先は跨線橋《こせんきょう》だった。朝夕のラッシュには人でぎっしりと埋まり、まるでトコロテンのように改札へ人を押し出していたのを覚えている。

「あら……」

階段を上がりきった三波は、呆れるほどに天井の高いコンコースを見上げ、驚きの声を上げていた。同時に、強い懐かしさを覚える。

娘が小さかった頃、できたばかりのこの新駅舎を、家族三人で見物に来たのだ。改札内には飲食やお土産、お弁当の買えるコーナーができ、改札の外には驚くほど立派で、まるで万博《ばんぱく》みたいに未来的な南北自由通路ができていた。それまでは、燕町駅を北から南に抜けるのに、20分も遠回りするか、入場券を買わなくてはならなかった。そのため、売店のお客さんにも定期入場券なんてものを持っていた人がいたほどだ。

特に、南口の花卉市場《かきしじょう》に勤めていた正治さんの喜びようはすごかった。

「これで南口も一気に発展すんぞ。にょっきにょっきビルとかできてよぉ」

そうやってずっと笑いながら、顔見知りの駅員に声を掛けては話しこんでいた。

あのときは、確か娘も、嬉しそうに笑っていた。

「三波さん」

三波は手すりに手を突いて、コンコースを見上げていた。中神の声を聞いて、彼女は我に返って中神の差し出した切符を受け取った。

「ありがとうございます」

「何か思い出されましたか？」

「ええ。私、この駅舎ができてすぐの頃に、家族三人で来たんですよ。お父さんなんか、ほんと喜んじゃって。私は昔の瓦屋根《かわらやね》の駅舎も、可愛らしくて好きだったけれど……」

中神はその言葉に微笑んだ。

「僕も、父に連れられてできたての新駅舎を見に来たことがありますよ。中学生の頃だから、十五年前の話ですか」

「そう。じゃあ、中神さんは私の娘と同じくらいの歳なのね。お父様はお元気?」

ほんの一瞬、中神の顔が曇った気がしたが、老人の目だ。あてにはならない。

「父は七十です。元気ですよ。しばらく会っていませんけどね。それじゃあ、まずはあちらへ」

と、中神の手が伸び、改札の左手にある『遺失物取扱所』の看板を指さした。

「三波さん、鞄の色とサイズって、わかりますか?」

中神はカウンター越しに駅員と話しながら、三波に尋ねた。遺失物取扱所の駅員は知り合いらしく、中神は親しげに挨拶をしてから事情を説明していた。この平服の青年は、駅の中で働いているのだろうか。三波は想像を巡らせながら、中神の質問に答える。

「覚えてはいませんけれど、この服に合う鞄でしたら、黒でしょうか……。大きさも、たぶんこのぐらいの小さめの鞄だと思います」

中神は「盗まれた」とは言っておらず、ただ「なくした鞄を」と駅員に説明した。警察に行きたくない、という三波の希望を斟酌《しんしゃく》してくれているのだ。

駅員は話を聞くと、手元の紙に目を走らせた。

「なくしたのが、この一、二時間ですよね？　少なくとも、こちらに届いてはいませんねえ。おばあちゃん、良かったら、届いたら連絡しましょうか。こちらに電話番号を書いていただければ……」

「すいませんねえ。あたくし、携帯電話を持っておりませんの」

「あ、そっか。こりゃ……」

駅員は恐縮《きょうしゅく》したように頭を掻いた。それで、見つかったら中神が連絡を受けてくれることになった。

それ以上の手がかりはなく、遺失物取扱所を出る。

「あらすいません」

そこで、三波は思わず足を止めていた。ベビーカーを押した女性が、道を譲《ゆず》った三波に会釈をして、遺失物取扱所の隣にある扉に入っていく。三波はそれを見て、皺の寄った顔に柔和な微笑みを浮かべていた。

「こんなもの、いつの間にできたのかしらね……」

子供連れの女性が入っていったのは『ベビー休憩室』と書かれた扉だ。赤ちゃんを連れた親が、授乳やちょっとした休憩ができる部屋らしい。

あの時代に、こんな施設があれば。三波はそう思う。

襲いかかる記憶は、まるで彼女を溺《おぼ》れさせる大波だ。乳飲み子を抱えていても、三波は大した休みも取れずにホームの売店で働かなければならなかった。幸い、夫の親《しん》戚《せき》が駅の近くに住んでいて、泊まり勤務のときは預かってもらっていたが、それも毎度のことではない。仕方なしに娘を売店の隅に座らせて、仕事をしたことも数え切れない。泣き出した赤ん坊を、お客さんが宥《なだ》めてくれたこともある。

過ぎてしまえばほろ苦い思い出の一つだが、当時は身体の疲れと気疲れで、死んだほうがましかと何度も思ったものだ。お腹を減らした娘が泣いても、客の前で授乳もできず、仕方なしに売り物の飴《あめ》を買って、娘の口に含ませた。そのときの娘の、はにかんだ笑顔だけが救いだった。

ふう、と三波は熱っぽいため息を吐いた。思い出すのは昔のことばかり。けれど、娘の子供の頃のことなんて、こんなことでもなければ思い出すことはなかっただろう。

駅員と話していた中神がやって来る。

「娘のことを、少し思い出しました」

中神は穏やかに微笑んだ。

「良かったら、教えてくれませんか」

三波は頷いて、この駅で娘を育てた苦しい思い出を、誰とも知らない青年に話しはじめた。人の行き交う駅のコンコース。あの頃とは変わり果てた燕町駅で、こんなことをしている自分が不思議だった。

どこからか鐘の鳴る音がして、三波は話を止めていた。

「十八時ですね」

中神の言葉に三波は驚いて、夕方のラッシュにざわめきはじめる広いコンコースを見渡した。

「時間になったら鐘が鳴るの？　なんだか古めかしいわね」

「そうですね。父が駅にいた頃は、どこからともなく鐘の音が聞こえてきたって話していましたけど。ずっと昔の話です」

あら、と三波は中神の言葉に手を合わせた。

「やっぱりそう。中神っていう名前、どこかで聞いたことあると思ったの」

見上げれば、確かに面影《おもかげ》があった。まるで鋼《はがね》を叩いて伸《の》したような、謹厳実直《きんげんじっちょく》な顔には、いつでも制帽と制服がついて回っている。

その記憶を思い出すと同時に、三波は痛みを覚えて強く胸を押さえた。

彼女は大きく息を吸って、あの頃と大きく様変わりした燕町駅を見渡した。それから自分の姿を見下ろした。皺だらけの指で、そっと自分の頬をなぞる。その感触が、時の経過を三波に思い知らせてくれた。

吸った息をゆっくりと吐いて、彼女は中神に向かって微笑んだ。

「あなた、中神駅長さんの、息子さんなのね」

「えっ……？」

中神青年は、思いきり狼狽《うろた》えた顔をしていた。鳩《はと》が豆鉄砲を食っても、こんなに驚いた顔はしないだろう。三波はまるで、思い出の中の駅長さんを驚かせたようで、愉快な気分になっていた。

「駅長さんがこの駅に来たのは、いつ頃だったかしら。私が正治さんと一緒になる少し前だから、昭和《しようわ》六十年くらいかしら。まるで映画に出てきそうな、鉄板みたいな強面《こわもて》の駅長さんだった」

中神は大きく息を呑んでいた。その息を、彼は肩を下げて大きく吐き出した。その顔から、ゆっくりと驚きが引いていった。

「そうです。父が燕町駅に来たのは、四十の頃だから」

中神は、彼がまだ生まれて間もない頃のことを、懐かしそうに語った。三波にとっては世話になった人の息子だ。かすかに残っていた警戒心は、この時点で完全に消え去った。

「じゃあ先ほど、あなたを駅に連れてきてくれたお父さんっていうのは、あの駅長さんだったのね」

「そうですね。その頃には、父はまだ駅長でした」

中神の言葉に、かすかに悲しげな色が混ざった。その意味を尋ねる前に、明るい女性の声が聞こえた。

「中神さん。こちらが三波さんですか？　こんにちは。『えきっぷ』社員の伊吹です」

胸にネームプレートを付けたスーツ姿の女性が、笑顔を浮かべて二人に話しかけてきた。二十代の中頃の格好の良い女性だ。ネームプレートの名前の上には『えきっぷ』と可愛らしいロゴが付いている。

「あらこんにちは。えきっぷ……、駅員さんかしら？　それにしては、制服も着てらっしゃらないし……」

首を傾げる三波に、伊吹という女性は、先ほど鐘の聞こえてきた、コンコースの北側を振り仰いだ。

そこには、駅の構内としては明らかに異質な門があった。色は落ち着いた茶色で、ゲートの上部に『えきっぷ』というロゴが掲げられている。その下には青空の色をした垂れ幕が掛かり、太陽の色の文字が『ＳＵＭＭＥＲ　ＴＲＩＰ』と踊るように描かれている。広々としたゲートの左右には、大きな鉢植えが置かれ、大輪の向日葵《ひまわり》が悠々と、ゲートをくぐる夏服の男女を出迎えていた。

こんなものは、三波の記憶にはなかった。ここにはデパ地下のミニチュア版のような、総菜とお弁当を商《あきな》う一角があったはずだ。

伊吹の声が、誇らしげな色を帯びている。

「あれは燕町駅改札内《ラチ》商業施設『えきっぷ』です。私はあそこで働いているんです」

「伊吹さんは、三波さんの遠い後輩ということになりますね」

中神の言葉に、三波は思わず微笑んでいた。確かにそうかもしれない。私は、ホームのあのちっぽけな売店で、三十年働いたのだ。最後の数年は正社員の資格も持っていた。大いに様変わりしたものの、ここは同じ燕町駅。同じ駅で働く伊吹の姿は、三波にとっては若い頃の自分を見ているようで眩しかった。

疑問を浮かべる伊吹に、中神が説明する。

「三波さんは、ホームの売店でずっと働いていたんですよ。何年くらいですか」

「十八の頃に入って、それから三十年ですよ。あとのほうには正社員にしていただいて、燕町の駅には本当にお世話になりました」

燕町駅に来ることがなくなってから、もう十年以上経っている。なのにその記憶は、驚くほどにはっきりとしていた。

伊吹が嬉しそうに言った。

「それじゃあ本当に大先輩ですね。『えきっぷ』に来られたことはありますか？」

「ええ、それがね。初めてなんですよ。こんなものができたことすら知らなかったんですから」

そう言う三波の目は、ゲートの左右に置いてある向日葵に奪われている。ラッシュの雑踏の中にすっくと立つ向日葵は、まるで目の前の伊吹のように誇り高い。

「それでしたら、少しだけでも見ていってください。私がご案内できればいいんですが……」

「お気持ちだけで充分ですよ。お仕事、お忙しいんでしょう？」

ありがとうございます、と頭を下げた伊吹は、中神に向き直った。

「中神さん、ショートメールの件、私も声を掛けてみましたけど、いまのところ『えきっぷ』内では見つかっていないみたいです。警備の絹野さんによれば、こういう場合は駅のトイレにガワだけ放置されるケースが多いそうですが」

「そうですか。ありがとうございます。そっちは先ほど、守下さんと松上さんが確認してくれると連絡がありました」

「ああ、男性用と女性用がありますからね……」

二人がなんの話をしているのかわからないままに、三波は微笑みながら雑踏を見詰めていた。駅を行き交う人々の忙しげな姿は、いまも昔も変わらない。けれど意外なことに、男性も女性も、するするとあのお洒落な門に吸いこまれていく。

あの向日葵の向こうに何があるのだろう。三波は老眼をじっと凝らしながら、子供のように胸を弾ませていた。こんな胸のときめきを、彼女はもう何年も忘れて久しかった。


それは、向日葵の要塞《ようさい》だった。

メインゲートから入って『えきっぷ』一階、楓の大樹の左側。フラワーショップ『Blue blossom』はまるでそこだけ郊外の畑のように、燦然《さんぜん》と大輪の花を輝かせていた。吹き抜けの天井からは暮れかけた夏の陽光が射しこんで、黄色とオレンジの入り交じった向日葵の花を照らし出している。

三波は感嘆のため息を吐きながら、その向日葵の要塞に見入り、その前で立ち尽くしていた。

「いらっしゃいませ！　ってあれ、中神？」

　向日葵の花のあいだから、掻き分けるように出てきた小柄な女性が、三波と、その横に立つ中神を交互に見て首を傾げている。黒いエプロンを掛けたその姿は、まるでフキの葉の下に住むという小人コロボックル、なんてメルヘンチックな想いが頭を過《よ》ぎる。記憶が混濁して、考えまで幼くなってしまったのだろうか。

「こんばんは、林さん。こちら、三波さん。『えきっぷ』に来たことないそうだから、案内しているところ」

「またお人好しなんだから……。こんばんは、三波さん。ご旅行ですか？」

　花屋の少女は、三波に明るい声を掛けてくる。三波も自然と微笑んでいた。

「そうなんですよ。これからお家《うち》に帰るところだったら、お花の一つくらい買っていくんですけれど」

「これからお出かけですか」

「ええ、岡山へ」

　その言葉は、自然と口から出ていた。つい先ほどまで、その地名にひどく嫌な気分になっていたはずなのに。伊吹と林、二人の「後輩」を見て、知らぬ間に勇気をもらったのだろうか。

「綺麗なお店ですね。本当、駅の中とは思えないくらい」

三波の言葉に、林は本当に嬉しそうに微笑んだ。彼女も伊吹と同じで、いまの仕事が好きなのだということがはっきりわかった。

スーツ姿の女性が林を呼び、親しそうに話しながら切り花を一本、買っていく。

駅の中で花が買えるなんて。三波は思う。正治さんが聞いたら、どう思うかしら？

それに、

「娘にも、教えてあげなきゃ――」

そんな呟きをこぼした自分に、三波は驚いていた。

もう何年も、娘と怒鳴り合い以外の会話をしたことはなかった。

気づけば、中神がこちらを見ていた。三波は頰に手を当てて、決まり悪げに微笑む。

「中神さん。もう少しだけ、付き合ってくださる？」

列車の時間まで、あと一時間半。シンデレラの魔法のように、彼が騙されてくれていることを、三波は願っていた。


一階の奥には、お総菜とお弁当の売り場。その隣には、チョコレートや和菓子、目にも鮮やかなスイーツが並べられたデザート・ショップ。通路は広々としていて、その中を、仕事帰りの男女が行き交っていた。

　家族へのお土産だろうか、こぢんまりとした可愛らしいケーキを、たくさん箱に入れて店員に照れたように笑う中年男性。「良かった、まだあった」と呟いて、大きなポークソテーの入ったお弁当を大切そうに手に取る若い女性。奥まった壁際にはパン屋と並んでリカーショップがあり、この暑さでも黒いジャケットを羽織った男性が、顎に手を当ててワインの品定めをしている。

　その一つ一つの光景に、三波の目は瞬き、頭がくらくらとする。ここが自分が働いていた駅と同じ場所だとは思えない。それでも、朝の六時から夜の二十三時まで開いていたホームの売店に、列車が着くごとに詰めかけてきたお客さん一人一人の顔と、いま目の前で花やワインを買っているお客の顔には、明らかに共通点があった。

　この駅で、私は正治さんと出会った。

　彼は、南口にずっと昔からある、花卉市場で働いていた。当時はまだ、市場関係者というのは荒っぽいイメージがあり、三波自身も作業服を着こんだ集団と接するのは少し怖かった。けれど、寡黙《かもく》なくせに見栄っ張りの青年が、彼女の気を惹くため、駅の売店で生活に必要なすべてのものを買っていると知ってから、苦手意識は消えた。

終戦後の鉄道事故で父を喪っていた彼女には、結婚に反対する親戚もいなかった。

この駅には、彼女の人生が詰まっている。

「いまは皆さん、なんでも携帯電話で済ませてしまうでしょう。あたくしの頃はね。改札の横には必ず伝言板がありまして」

膝が痛みを訴えはじめ、中神と一緒に入った『えきっぷ』のカフェで、三波は思い出を語っていた。

「正治さんは本当に無口な人でね。私のほうから話しかけても、『おう』とか『ああ』としか喋ってくれないの。それがある日……」

駅の伝言板に、彼女宛《あて》の伝言があると、お客の一人が伝えてくれたのだ。朝の十時に泊まりの仕事が終わってから、小走りで見にいくと、

「今風に言えばね。それがプロポーズ、でしたのよ。『薫子さん、結婚してくれ』なんてね。署名もないんだから。そんな伝言、普通はすぐに消される規則なんだけど、あなたのお父様が、粋に感じて残していてくれたんですって。だから、私があの人と一緒になったのも、あなたのお父様のおかげというわけ」

中神の顔に驚きが満ち、そしてそれが、柔らかくほころんだ。

「そうなんですか。父も、その言葉を聞いたら喜びますよ」

「ええ、是非、お伝えくださいね」

中神の視線が、カフェの壁に掛かった白い時計を向いた。三波も目をやると、列車の時間まで、あと30分。三波は息を吞んだ。この思い出に浸った穏やかな時間が、もうすぐに終わってしまう。

「三波さん」

中神の目が、三波を向いた。彼女は、その目を受け止めきれず、視線を彷徨わせる。

「娘さんの連絡先は、思い出しましたか」

ああ……。中神の言葉に、三波は嘆息した。彼はもうとっくに気づいている。シンデレラの魔法に、掛かったフリをしていてくれただけ。優しい、駅長さんの息子さん。

「……私は、記憶を失ったままじゃ、いけないかしら」

力ない呟きは、中神にも聞こえたはずだった。けれど、青年は何も言わない。

三波は嘘を吐いていた。記憶はとうに戻っていたのだ。きっかけは、中神駅長の思い出だった。目の前の青年が彼の息子だと気づいたときに、三波の頭の靄《もや》はすっかり晴れていた。

けれど、戻ってきた現実は辛かった。それを忘れていた短いあいだ、彼女は昔働いていた売店を見詰めて、ひどく幸せな気分でいられたのだ。だから、記憶が戻ってきても、忘れたふりをしていた。少しでも、辛い「いま」から目をそらしたかった。

三波が夫を亡くして一年が経つ。それまでの十年は、苦闘の日々だった。夫は酒浸りが原因で市場の職を失い、その夫が駅で暴れたことが原因で、三波も駅で働くことができなくなった。一家は多感な年頃の一人娘を抱えたまま、ひっそりと燕町を去ったのだ。

それから十年。夫は日雇い仕事で稼いだ金をすべて酒手《さかて》につぎこみ、三波は一人、昼夜なくパートをこなして生活を支えた。けれど娘はそんな両親を嫌い、一人遊び歩くようになった。大学に行く金も出してやれない親を見捨てて、男出入りを繰り返した。三波はそんな娘を叱りつけ、顔を見れば怒鳴り合うようになった。燕町にいた頃は、駅の改装工事を仲良く見物に行くほど、円満な家族だったのに。

中神の革鞄から、発車ベルの音がした。もうずっと昔に変わってしまった、鋼鉄製《こうてつせい》の列車が走っていた時代の懐かしいベルの音だ。

中神は、ノートのような機械を取り出した。ベルはそこから鳴っていた。歩いているあいだにも、彼が何度かそれを叩いていたのを見ている。タブレットという、大きな携帯電話のようなものらしい。

「三波さん、鞄が見つかったそうです。行きましょう」

三波はその言葉に、はっと顔を上げていた。

三波の鞄は、コインロッカーに押しこまれていた。

見つけてくれたのは、中神の友人で、構内で働いている守下という若い男性だ。彼以外にも、先ほどの伊吹を含めて、何人もの人が三波の鞄を探してくれていたらしい。

三波は、そんなことも知らずに、思い出の世界に浸っていた。

両手に収まるほどの小さな鞄には、やはり財布は入っていなかった。けれど、年金手帳や印鑑《いんかん》、それに小さなメモ帳はちゃんと入っている。そこには、娘の連絡先と住所が書かれているはずだ。

「財布にクレジットカードは入っていませんか？」

守下が気遣わしげに声を掛けてくる。

「ええ、でももう解約してあるから大丈夫。預金通帳も空だし。けれど困ったわ、お礼にさしあげるものが、なんにも……」

記憶を失っているふりをすることに気を取られて、飲み物やカフェの代金のことも考えていなかった。それだけでも申し訳ないのに、お金がなければ駅の中を二時間も探し回ってくれた守下に、何もお礼ができない。

恐縮して頭を下げる三波に、守下はそっと微笑んだ。

「いいんですよ。仕事上がりで暇だったんです」

彼は隣の中神を少し窺ってから、自信に満ちた笑顔で言った。

「駅っていうのは、みんなが集まる場所ですから。あなたも、駅で誰かに親切にしてあげてください。これは中神さんの受け売りですけどね」

三波は、その言葉に鞄を抱きしめ、ぎゅっと目を瞑《つむ》った。思い出すのは、あの鉄板を伸したような顔をした、駅長の顔だった。

「中神さん。あなたはお父さんのために、こんなことをやっていらっしゃるの……？」

中神の顔から、微笑みが消えていた。彼の父親は滅多に笑うことがなかったから、そうするとまるでうり二つに見える。

「中神さんの、お父さんですか？」

守下の疑問の声に、三波は答えられなかった。お世話になった駅長の、その痛々しげな息子の顔に、じっと目を奪われていた。

「僕は、ただ、納得できなかっただけなんです」

三波には、その意味が胸が張り裂けそうなほどはっきりと、理解できた。だから、気づけば中神を抱きしめていた。背の高い彼に抱きつけば、逆に胸に顔を埋めるようになるが、構わなかった。

皺が寄って、すっかり力が入らなくなった自分の身体が厭わしい。彼の大きな身体を、母のように強く抱きしめてあげられないのが悲しかった。

抱きしめた青年の身体は、小刻みに震えていた。「あの頃」を知っている三波の話に付き合うのが、彼にとってはどれほどの恐怖だったのだろう。そのことにまったく思い至らなかった自分が、三波は憎らしかった。

抱擁《ほうよう》は、体温が移るほど長くはなかった。三波は身体を離し、中神に細い声で尋ねた。

「お父さんは、お元気？」

「はい。ぴんぴんしてますよ」

中神は三波に抱かれたことなどなかったように笑って、タブレットを取り出した。


三波は、担架で運ばれる中神駅長の姿を見ていた。

ひどく蒸し暑い、六月の雨の日だった。いまと違ってエアコンのない車内はじっとりとカビが生えないのが不思議なほどに湿っていて、乗降客は誰もが苛立っていた。

犯人はいまもわかっていない。三波がその顛末を聞いたのも、しばらくあとの話だ。職場で噂になったのを、夫の正治が聞いてきた。

いまでも古い駅ではそうなっているが、当時は自動券売機の隅に、駅員が顔を出す窓が開いていた。切符の券詰まりや買い間違いがあると、呼び出しボタンが押され、そこから覗いた駅員がお客と話をするわけだ。

本来は駅長がするような仕事ではない。ただ、その日の燕町駅は猫の手も借りたい状況で、駅員も総出で穴埋めをしなければならなかった。

中神駅長は、呼び出しを受けて窓から顔を覗いたところで、傘で目を突かれた。全治二ヶ月の重傷だったという。燕町駅に自由通路ができて、一年も経たない頃だった。

中神駅長は片目の視力をほとんど失っただけでなく、怪我が完治したあとも、まったく券売機に近寄ることができなくなってしまったらしい。そうして駅に入れなくなってしまっては、鉄道会社では冷遇されることは想像に難くない。

もう、十五年も前の話だ。それから中神家がどんな生活を送ったのか、三波には知る由もなかった。

「これ、は……」

中神が差し出したタブレットには、一枚の絵が映っていた。それは、黒のサングラスを掛け、厳《いか》めしい顔をした、駅長の制服を着た老人だった。

三波の目から涙がこぼれた。それは夫が死んでから、初めて流した涙だった。

・

岡山に向かう列車の席で、三波は中神の名刺を眺めていた。

夏といえども夜の八時を過ぎれば、窓の外は夜のとばりが降りている。その中で、人々の営みが様々な色の光を灯していた。

中神に声を掛けられてから、この列車が駅を出るまで、たった三時間。それだけの時間に、三波は一度死んで生まれ変わったような体験をした。

ほんのひととき、記憶を失ったときは、すべてが夢霞《ゆめかすみ》のように思えたが、いまでは燕町駅にいた頃の記憶ばかりが鮮明で、つい先日、詐欺に遭って貯金をだまし取られたことが夢のようだった。

娘に這いつくばって頭を下げるしかない。そう思っていたが、とうにその気はなくなっていた。そんなことをしては、中神の駅長さんに申し訳が立たない。その息子さんにもだ。

そう、胸を張って娘に会いにいこう。私があの駅で過ごした苦闘の日々は、決して恥ずかしいものではない。

「また来るわ。そのときは、あなたの話を聞かせてね」

去り際に言った三波の言葉に、中神は少し躊躇《ためら》ってから、頷いてくれた。

いまは娘のところに身を寄せて、生きる方途を考えよう。まだ人生は長いのだ。一度や二度の蹉跌《さてつ》ですべてが台無しになるなんてことはない。膝だってまだまだ動く。六十の坂はとうに越えたが、やらなければならないことができたから。

憎らしい娘の顔を思い出し、三波は密かに笑った。飴を含んで笑っていた赤ん坊の顔を思い出せば、どんなことを言われたって耐えられる。

どうしても駄目だったら、また燕町駅に来ればいい。そうすれば、きっと中神が出迎えてくれるだろうから。

けれど——三波は、窓の外を過ぎ去っていく小駅を見ながら、独りごちる。

「あの子は、……いつまで、お父さんの目の代わりをしていればいいのかしら」

答えは、どこからも返ってこない。ただ窓の外で、無数の人家の明かりが蛍のように揺れていた。

第五話

駅のスケッチ

十一月七日、燕町駅構内にて
『えきっぷ』十周年を記念して
『燕町駅の神様』による個展を開催いたします。
この駅を題材に描き上げた総枚数は三百余枚。
十年間、燕町駅と『えきっぷ』を
見守ってきた彼が
その画業の歴史を
公開いたします。
この期間内は
『えきっぷ』のすべてがギャラリー。
あらゆる壁、あらゆる柱に
十年間の『えきっぷ』の物語が
色とりどりのスケッチとなって
鮮やかに広がります。

中神のイラストを背景として、穏やかな字体で書かれたコンセプトワード。

楓広場のベンチに腰掛けた中神は、四つ折りのパンフレットに目を落としていた。口元には、諦めに似た笑みが浮かんでいる。

燕町駅のコンコースから、駅員のアナウンスが聞こえてくる。

「本日、大型台風の接近により、列車は間引き運転を行っています。本日午後から明日の朝にかけて、列車に大幅な遅延・運休が予想されます——」

よりにもよって、今日でなくてもいいだろうに。そんなことを思いながら、中神は顔を上げ、めいめいに傘を持った『えきっぷ』の利用客を眺めた。

中神は雨があまり好きではない。傘を持っている人を見ると憂鬱《ゆううつ》になる。中神はベンチから立ち上がり、『えきっぷ』を出た。とたんに十一月の冷たい雨の匂いが、人いきれと共に押し寄せる。

燕町駅は、人で満ちていた。

夜というにはまだ早い時間だが、台風の接近で仕事を早く切り上げた会社員が、ホームへの階段に列を成しはじめている。

金曜日の夜は、仕事上がりに盛り場で時間を過ごしたあとに来る客が多く、普段ならば駅の混雑のピークは夜の十時頃になる。そんな週に一度の楽しみを台風に奪われ、不満顔がいたるところで渦を巻いていた。

すでに間引き運転が始まっていて、列車は朝のラッシュ並に混み合っていた。猛烈な風雨にさらされるホームからは、バケツをぶちまけたような雨の音に重なって、傘でも飛ばされたのだろう、女性の悲鳴が聞こえてくる。

「すいません！　どいてください！」

どこかで怪我人が出たようで、駅員が叫びながら担架を持って走っていった。駅員に押しのけられ、不快そうに舌打ちをするスーツの男。その向こうで電光掲示板を見上げる人の群れ。黒髪の頭がうごめく様は、まるで夜の海のようだ。

皆、苛立っていた。こういう日は、必ずどこかで事件が起きる。鉄道会社もそれを見越して事務や経理の社員を投入しているが、首都圏の駅はどこもこんな様子だろう。とうてい人手は足りず、『えきっぷ』の社員までかり出され、客の対応に目を回していた。

こういうとき、中神は居ても立ってもいられなくなる。足が勝手に動くのだ。

構内を見回り、少しでも揉《も》めごとの気配があれば、片っ端から散らしていく。知り合いを装って声を掛けたり、近くの駅員を大声で呼んでみたりと、十年間で様々な手管を身につけた。それでも散らない揉めごとは、割って入って止めていく。大抵の客は中神が割って入ると気勢を削《そ》がれて離れていくから、殴られるのはせいぜい十回に一回ぐらい。慣れてしまえば大したことはなかった。

人込みの中へと歩き出そうとした中神を、間一髪で女性の声が呼び止めた。

「中神さん。お待たせしました」

その声に、中神は自分の仕事を思い出し、歯噛みする思いで振り向いた。

今日は十一月の六日。『えきっぷ』十周年記念イベントは、明日に迫っていた。

＊　＊　＊

「イベントコンセプトは、〝『えきっぷ』十年の物語〟です。中神さんのイラストは、その挿絵《さしえ》、というイメージで、メインの展示として使わせていただきたいと思っています」

その年の四月一日。中神は『えきっぷ』二階の廊下で、個展について打診を受けていた。話しているのは、中神とも付き合いのある『えきっぷ』社員の伊吹優《ゆう》だ。

パンツスーツがよく似合うスポーツマンの伊吹は、個人的にも中神のイラストのファンの一人だ。期待にはちきれんばかりの目を向けてくる彼女に、しかし中神はすぐには返事をできなかった。曖昧《あいまい》なため息を漏らし、吹き抜けの手すりに手を掛けて、人であふれる階下の光景を見下ろした。

特に焦点は定めない。人がたくさん集まって醸《かも》される雰囲気を噛みしめるようにしていると、ときおり、小さな石のように、こつりと視線にぶつかってくる人がいる。

それを、中神は描くのだ。

「気が乗りませんか」

伊吹の言葉に、中神は無精髭の浮いた頰を掻いていた。困ったときの彼のクセだと、いつか林が言っていた。それ以来止めようとしてきたが、一度染みついたクセはなかなか抜けてくれない。

中神が喜んでくれると、伊吹はそう思って話を持ってきたのだろう。彼女はいつも、彼のイラストがインターネットの片隅で、埃を被って放置されていることに憤っていた。

「今日はエイプリル・フールですね」

「だからって、嘘じゃありませんよ？」

伊吹の声はまるで教師のように生真面目で、中神は思わず笑ってしまった。伊吹は気を悪くした様子もなく、じっと中神を見詰めている。

「いつまでに、返事をすればいいですか」

伊吹は、かすかな困惑を顔に浮かべて答えた。

「そうですね……、できれば今月の十日までにお願いします」

「それでは、できるだけ早く決めて返事をすることにします」

わかりましたと、伊吹ははっきりと頷いて、失礼します、と几帳面《きちょうめん》に頭を下げた。

そして身を翻すように、バックヤードの扉に消えていく。

『えきっぷ』の社員は最低限しかおらず、いつも仕事に追われている。その合間を、彼女は針の穴に糸を通すようにして抜けてきたのだ。その熱意には頭が下がる。

中神は、春らしく明るい色の群衆を見下ろして、ふたたび絵の構想に没頭した。

『燕町の駅には神様がいる』そんな噂を、誰が言い出したのか。

中神は、たった一人に見せるために、描き続けていただけなのに。


「もう、こんなことは止めなさい」

力の籠もっていない声でそう言われるたび、中神は燕町駅から離れられなくなる。

伊吹から個展の打診を受けた数日後、中神は父親のアパートを訪れていた。

燕町駅から区を三つ越えた町にあるアパートに、中神は二ヶ月に一度、足を向ける。

その際に、中神は鉄道を使わない。燕町駅のバスターミナルから、路線バスを三度乗り換え、たっぷり二時間も掛けて行く。

鉄道を使えば乗り換えは一度で、ほんの30分程度だ。けれど、このときばかりは父の気分を味わいたかった。

中神の父親、中神宗輔《そうすけ》は、鉄道を使えない。燕町駅の駅長だった彼は、十五年前に客に傘で目を突かれ、左目の視力を失った。そのときのトラウマが、十五年経ったいまでも彼を駅に近づかせてくれないのだ。

片目の視力を失った彼は、自動車免許も返納した。宗輔が利用できる交通機関はバスだけだ。そのため鉄道会社を辞したあとも、長らく次の職には就けなかった。中神がもっとも多感な中学生の頃に、誰よりも尊敬していた父は抜け殻になった。

中神は、この家に、自分が描いた燕町駅の絵を見せに来る。

そのたびに宗輔は、息子が自分のために人生を犠牲にしていることを憂えて、もうこんなことは止めろと、そう言うのだ。

宗輔は、ソファーに深く腰掛けて、中神のタブレットを覗いている。一つ一つの絵に時間を掛けて見入り、変わっていく燕町駅の光景を思い浮かべている。それでいて、彼は一度も中神の絵に感想を言ったことはない。ただ、自分のいない駅の光景を、食い入るように見詰めている。

中神はその横に立って、十五年で老いた父の姿を眺めていた。

思いがけない感情が突き上げたのは、そのときだ。

「父さん。十一月に、俺、燕町駅で個展をやるんだ」

その言葉に、父は驚きに目を見開いて息子を見た。父は家の中ではサングラスを付けない。視力を失い白変した瞳孔《どうこう》が、中神を見詰めている。

父を驚かせたことが少し誇らしい。もう三十歳にもなって、子供のような感情だ。

「父さん、見に来てくれないかな」

感情のままに望みを口にしたことを、中神は即座に後悔した。それは、この父子にとって禁句だった。あまり感情を顔に出さない宗輔だが、その顔が緊張に満ちていくのが嫌でもわかった。

母は、三年我慢したあと、泣きわめきながら父の身体を駅にひきずり、父の吐瀉物《としゃぶつ》を頭から浴びた。その足で母は実家に戻り、二度と中神家の敷居をまたぐことはなかった。

息子の望みを聞いた父親は、そのときのことを思い出しているに違いなかった。中神の口の中に、苦い汁が滲んだ。だが、口に出した言葉を撤回することはできなかった。それは、中神のほんとうの望みだった。

駅は怖い場所じゃない。

絵を描いていたのも、揉めごとを仲裁し続けたのも、ただ、意気地《いくじ》なしの父親にそう言いたいがためだった。

「……すまんな。仕事の時間だ」

時計を見た父は、席を立った。

土曜日と日曜日、宗輔はアパートからすぐ近くのライブハウスで、チケットのもぎりのアルバイトをやっている。ささやかな時給目当てではない。古い馴染みから舞いこむ食事の誘いや相談事を、体良《ていよ》く断るための仕事だと、中神だけは知っていた。

父親のアパートを出た中神は、バスの停留所までの道すがら、タブレットを取り出した。

身体に熱が籠もっていた。その熱に浮かされるように、中神はSNSの画面を出して、一通のショートメッセージを送った。

宛先は伊吹。『個展の件、お受けします』という、短い内容だった。

個展の日まであと二ヶ月に迫ったある日のこと。中神は『えきっぷ』の応接室に呼ばれていた。

「そうか。お父さんを呼ぶのかい」

「はい。ご迷惑をお掛けするかもしれませんが、よろしくお願いします」

中神は、制服姿の絹野に頭を下げた。警備員の絹野は、『えきっぷ』ではたった一人、中神の事情を知っている人物である。

絹野の隣には伊吹が座り、狭い応接室のテーブルの上に書類を広げていた。

「中神さんのお父様ですか。どういう方なんですか？」

伊吹が意外そうな顔で尋ねてくる。ショートカットの彼女は今日も身体にぴったりしたグレーのパンツスーツ姿である。もう四年近い付き合いになるが、中神は彼女の私服姿を一度も見たことがない。

伊吹の質問に、中神はどう答えようか考えた。その逡巡が顔に出たのか、事情を知っている絹野が苦笑する。

しかし、父が来ることでトラブルが起きれば、どのみち伊吹に迷惑が掛かることになる。迷った結果、中神は正直に話すことにした。

「父は、十五年前まで、燕町駅の駅長だったんです。けれど心の病を得て退職しました。それ以来、一度も燕町駅には来ていません。今回も、呼んではみましたが、果たして来てくれるかどうか……」

諦め混じりの笑みが浮かんでいることは自覚していた。

伊吹は中神の言葉に少し顔を強ばらせた。

「中神さんは、駅の職員の方にも知り合いがいらっしゃいますよね？　もしかして、その関係でこの駅に？」

「いえ、いまお勤めの駅員さんは、父のことはほとんど知りませんよ。知っているとしても、いまの駅長さんぐらいじゃないですか。もう十五年ですからね」

話しながら、中神は想像する。見たところ、伊吹は二十五、六だ。あの事件が起きたのは燕町駅に自由通路ができた時期で、彼女はまだ小学生くらい。いま燕町駅に勤めている駅員も、そのほとんどが入社すらしていない頃だろう。

中神は中学生だった。新聞に出た小さな記事を、よく覚えている。指で丸を作ったら囲めそうな三行記事でしか報道されなかったが。

その五年後に燕町駅に『えきっぷ』ができ、二十歳《はたち》になっていた中神は、それをきっかけに駅に入りこむようになった。絹野とはその当時からの付き合いだ。不審者、というより浮浪者扱いされて何度も呼び止められ、やむなく事情を話した中神に、絹野は親身になって協力してくれた。中神がカフェの仕事を得たのも、彼のアドバイスのおかげだ。

「そういうことなら、是が非でも個展は成功させなきゃいけねえよな」

絹野の言葉に、中神は小さく頷いた。その拍子に、頬がずきりと痛んだ。

中神の顔には、大きなガーゼがくっついている。揉めごとに首をつっこんで、中神が生傷を負うのは珍しいことではない。

「駅構内の治安維持は駅員と鉄道警察の役目で、『えきっぷ』内は俺たち警備員の役目だ。中神が手を出すのは筋違いだよ。……いや、筋違いだと思う連中が多くいる、ってこった」

中神の頬のガーゼを見詰めながら話す絹野の声には、まるで子供に大人の勝手を押しつけるような、諦めとやるせなさが漂っていた。伊吹も、彼の横で困惑を顔に浮かべている。

テーブルの上、伊吹が広げている書類は、燕町駅を管理する鉄道会社からの通知だった。

昨日のことだ。中神は駅員を殴ろうとした若い男性を止め、とばっちりで顔を殴られた。その結果、クレームが大量に駅に押し寄せた。書類はそれを知らせ、再発防止を要求する内容だった。

『駅員を庇った男に指を折られた』というクレームが最初にある。中神の顔を殴った男は、頬骨に拳を当てて骨折したらしい。それから『燕町駅職員は客の善意を利用している』『暴力行為に一般客を巻きこむな』といったものに加え、中神が口内を切って血を吐いたことで『血を見て気分が悪くなった』というものまで、実に十三件を数えていた。

これまでもこういうことは幾度もあった。だが今回は時期が悪かった。中神のイラストが『えきっぷ』十周年のイベントに、メインコンセプトとして使われることが発表されて、まだ一週間と経っていない。

伊吹が顔を上げた。言うべきことを言わなければならないと、その目は悲壮な覚悟に彩られていた。

「中神さん。重ねてお願いします。個展が成功裏に終わるまで、いえ、できればその先もずっと、燕町駅でこういった──」

伊吹のラクロスのたこが残る手が、クレームの紙片を摘《つま》み取った。

「──問題になるような行為は、控えていただけませんか」

かすかに黄色味を帯びはじめた楓の大樹。その下のベンチに座り、中神はタブレットに顔を埋めるようにして、個展に出す絵を選んでいた。期日はもう目の前に迫っているが、最後の数枚がどうしても決まらない。

父を呼ぶと決めたからには、最高の絵を選びたいと思っていた。だが、個展の場所として使われるのは『えきっぷ』内の小規模なイベントスペースと、通路や店内の柱や壁だけ。その数はすべて併せても二十に満たない。対して十年で中神が描き溜めたイラストは、三百枚を超えていた。

はじめの頃は小振りのスケッチブックを構えていたが、本格的に描くようになったのは、何年か前にタブレットを手に入れてからだ。スケッチブックの頃は白黒の鉛筆画で、駅の中で絵を描いていると、不審に思われることも少なくなかった。タブレットになってからは画材の制約もなくなり、取り回しも良くなって中神は大いにこの新しい道具を気に入っていた。

けれど、スケッチブックの頃のイラストにも、必死だった当時の、触れば沈みこむような情感が籠もっている。中神はタブレットに表示した白黒のイラストに見入った。そんなことをしているから、作業はいつまで経っても進まない。

「や、中神」

明るい声が、中神の頭をふわりと包む。

「こんばんは、林さん」

小柄な女性が、とん、と中神の隣に座った。九月になっても残暑は厳しく、十八時を過ぎているのに昼間の熱が残っていた。『えきっぷ』は屋内だが、広大な駅のコンコースに大きく出口を開いているから、冷房の効きはあまり良くない。

仕事上がりの林はノースリーブのワンピース姿で、鮮やかに青いヒールを履いている。並んで座っても、座高の関係で彼女のほうが頭一つ分は低かった。大きな瞳で、中神を見上げる。

「さっき応接室で、伊吹さんと話してなかった？　何かあったの」

中神は小さく首を振った。林は、タブレットに埋めるように伏せた中神の顔を覗きこむ。そして中神の頭を摑み、その細腕からは想像もつかない力で強引に自分のほうにねじ曲げた。

頰にガーゼの付いた中神の顔を、林は切なそうに見詰めてきた。

「やっぱり。ひどい顔してるわよ、中神」

「そんなはずない。いつもの顔だよ」

　ふん、と林は中神の頭を摑んだまま、傲然《ごうぜん》と胸を反らした。

「私がどれだけあなたの顔を見てきたと思ってるの。中神が駅を観察してるのと同じくらい、私はあなたを観察してるの。ウォッチャーなのよ」

　四月に婚約者の件が片付いてから、林は中神への好意を隠さなくなった。中神とてまだ三十歳の健康な男だ。友人として好ましい女性に好意を持たれれば悪い気はしない。けれど色恋に本気になるには、彼には忘れられないものが多すぎた。

「駅のほうから、通知が来たんだ」

　中神は彼女を失望させるつもりで、先ほどのやりとりを林に話して聞かせた。

　以前、中神はSEの桜庭にこう言ったことがある。

『誰だって、自分の居場所を少しでも気持ちいい場所にしたいでしょう？』

　その努力を、伊吹は否定した。止めてほしいと言ったのだ。彼女自身がそう思っているかはわからない。けれど、状況がそう言わせた。

　警備員でなければ、駅員でなければ、目の前で暴れる他人を見逃せと。見てみぬふりをしろと。それが正解だと彼女は言ったのだ。十周年イベントを主催する『えきっぷ』の立場からすれば、それはやむを得ないことだろう。作品がどんなにすばらしいものであっても、その描き手が暴力事件でも起こせば、個展は中止に追いこまれる。

それが世間のルールだ。

中神はずっと一人だったから、そういうものとは無縁でいられた。しかし個展の申し出を受けたとたん、彼は蛇のようなしがらみに絡みつかれることになってしまった。

「伊吹さんの言うことは、正しいと思うわ」

話を聞き終えた、林までもがそう言った。

中神は力なく肩を落とした。熱っぽい湿気に、自分が陽炎《かげろう》のように溶けて消えていくような気がした。

「中神、あなたは間違ってるのかもしれない」

林は中神を見上げ、その手を取って、慎《つつ》ましやかな胸に押しつけた。

「でも、その間違いに私は救われたの。四年前のあの日、名古屋から逃げてきた私は、ひとりぼっちでなんにもなかった。私の前を、何百人の人が通り過ぎていったけど、助けてくれたのはあなただけだった」

林の胸に抱かれた手のひらは、そこだけが嘘のようにひんやりして、心地良かった。

「確かに、ただの善意で目に付くものだけ救おうとするのは、偽善なのかも、って私は思う。でも、私がここにいるのはあなたのその偽善のおかげなのよ。だから、あなたの正しさは私が保証してあげる。私にとっては、中神は間違いなく『神様』だった」

でも、とか、けれど、とか。逆接の言葉を口にしようとした中神を、林が笑顔でせき止めた。

「熟練《じゅくれん》の中神ウォッチャーが一つ教えてあげるわ。どんなに間違ってるってわかってても、あなたは人助けを止められない。だったら、考えるだけ無駄《むだ》でしょう？」

個展の開催と、自由な人助けは両立しない。中神は、いままさにそのことで悩んでいるというのに。林はそれを笑い飛ばして、言った。

「私は思うのよ。中神の絵が素敵《すてき》なのは、単に絵が上手《じょうず》だからとか、題材が良いからじゃない。あなたが自ら手を出して、関わり続けてきたから。だからこそ、あなたの絵には情感が籠もってる。あなたが人助けをしなくなったら、もう二度とそういう絵は描けなくなる。私はそう思うわ」

中神は胸を突かれた。そうだ、そんなこと、自分はずっと前からわかっていたはず。なのに迷っていた。忘れていたのだ。林はそれを思い出させてくれた。

「あなたは好きにやりなさい。私が後始末はしたげるから。私一人じゃ無理だろうけど、あなたに助けられて、恩返しをしたいって感じてる人、いったいどれだけいると思ってるの？　中神」

林は中神の手を抱きしめて、そっと身を寄せてきた。

「みんなは何かあったらあなたを頼るけど、あなたが誰かに頼ったことってあるの？」

駅というのは、みんなが集まる場所だ。いつしか口癖になった言葉が、頭を過ぎった。けれどその『みんな』の中に、中神自身は含まれていない。無意識のうちに除外していた。

林の言葉が、そのことに気づかせてくれた。誰かの『お願い』を別の誰かに頼むこととは違う。中神自身の弱いところを見せてくれと、林は全身で訴えていた。

中神は頬を掻こうとして、ガーゼのことを思い出す。ガーゼを上から指でなでると、そこに心配そうな林の視線を感じた。笑顔を浮かべようとしたが、顔の筋肉が強ばって、思うように動いてくれない。

けれどその躊躇いも、林の温かい気持ちの前に、少しずつ溶け出していく。

「俺は、個展を成功させたい」

中神は、自分の思いを口にする。この十年間、こんなにも素直になったことがあるだろうか、そう思いながら。

「うん」

林はただ頷く。

「この駅で困った人がいたら助けたい。偽善だってわかってはいるけど、それでも」

「うん」

　思いを吐露して、言葉が返ってくることが心地良い。これまで中神が助けてきた人たちは、悩みを聞いてやるだけでも安堵の表情を浮かべていた。そのときの気持ちが、中神にもわかった。

「俺は、父さんの駅を守りたいんだ。ちゃんと守れてるって、胸を張りたいんだ」

「……うん」

　中神の父のことを知らず、戸惑いを顔に浮かべた林は、それでもただ頷いてくれた。そう、中神のしてきたことは偽善ですらない。ただのわがままだ。父親が守った駅を、汚したくないという自分勝手。

　けれど、それを十年も続けてきたからこそ、人の輪ができ、三百枚を超える駅の絵を描いて、それが個展にもなろうとしている。動機は自分勝手なわがままでも、行為の結果までが否定されるわけではない。

　その揺るぎない証拠が、林であり、中神がいままで救ってきた人たちだった。

　中神は無精髭の生えた頬を、人差し指で掻いた。困っていた。言うべきことはわかっているのに、どういう言い方をすればいいのかわからない。

　その間も、林はじっと中神の言葉を待っていた。

楓広場のベンチの前を、たくさんの人が通り過ぎていく。浮き浮きした顔、緊張した顔、落ちこんだ顔、楽しそうな顔、いろんな顔をして、いろんな格好をした人たち。一日に数十万人の人が、この駅を通り過ぎていく。その中で、中神が関わった人などほんのわずかなものだ。

個展が始まれば、その数十万もの人が、中神の絵を見てくれる。

そのことに初めて気づいた中神に、鳥肌が立つような恐怖が襲いかかってきた。視《し》野狭窄《やきょうさく》も極まれり、だ。中神は事ここに至るまで、個展の客はただ父親一人だと、そう錯覚していた。

最後の一押しとなったのは、その怖れだった。

「林さん。お願いだ。力になってくれないかな」

林の横顔は、とたん、蕾《つぼみ》が開くようにほころんだ。

「いいわよ。私だって、あなたの個展、すごく楽しみなんだから。手伝わせなさい」

＊＊＊

台風が窓を叩く音をかすかに聞きながら、中神は個展の最後の準備を行っていた。

中神が持ち上げた額は、『背中』と題した絵だった。

雪の日、分厚いコートを着た人の群れ。その中で、一人のスーツの背中が『えきっぷ』のメインゲートを見上げている。どこか浮き立つような、いまにも歩き出しそうな、そんな背中だ。

『背中』は、一階の広場の右側に設《しつら》えられた、こぢんまりとしたイベントスペースの中央に飾られる。大きく引き伸ばしたその絵は、十周年記念イベントのメインビジュアルに決まっていた。

この絵には思い入れがある。桜庭良一は、中神が救ったたくさんの自殺志願者《しがんしゃ》の一人だが、強く印象に残っていた。やるせなく、一切の希望を失った、父に似た背中。この絵をきっかけに、彼を立ち直らせることができたことを、中神は密かに誇りに思っていた。

だからといって、来場者にその思いを押しつけようとは思わない。絵を見て何を感じるかは、ひとりひとりが決めればいいことだ。解説文などは付けず、ただ『背中』というタイトルと、この絵を描いたあの冬の日付だけが、額の下に控えめに付されている。

「地味かな、やっぱり」

未練がましく呟いた中神に、手伝っていた伊吹が微笑んだ。

「私はこの絵、好きですよ。燕町らしくて」

ああ、そうか、と中神は呟いた。確かに、この絵はこの駅でしか描けなかった。

桜庭には、この絵を個展に出すことを伝えてある。彼は、家族で見に行きます、と返事をくれた。

続いて配置したのは、『勇気』と題した絵だ。

この絵を個展に加えるのには一悶着あった。『えきっぷ』のイベント責任者である副社長が、一度はこの絵を「入れないでくれ」と中神に直訴《じきそ》に来たのだ。

花屋の店頭で、仰向けに倒れた女性を踏みつけにしようとするスーツの男。そこに、いましも飛びかかって止めようとする、四人の姿が描かれている。一人は警備員。一人はスーツ姿の『えきっぷ』女性職員。あとの二人は普通の利用客だ。初老の男性と、中年の品の良さそうな女性。どの顔も緊張に満ちていて、暴力の気配を必死に押しとどめようとしているのが感じられる。

当たり障りのない個展にはしたくなかった。だから中神は、副社長を懸命に説得し、それを伊吹や絹野も援護《えんご》してくれた。ブランドイメージも大事だが、駅の中で商売をするということは綺麗事だけでは済まない。副社長もそのことは良く知っていて、最後には折れてくれた。「俺もこの絵に勇気をもらったからな」と呟いて。

中央の、飛びかかられている男、望月には改めて個展に出す許可を取りに行った。望月は幸野千鶴の父親の下で、ふて腐れながらも真面目に仕事に取り組んでいた。絵を見ると、彼は幽霊にでも出会ったような顔をして「これ、マジで蹴《け》ってたら、いま頃は刑務所ですかね」と呟いていた。

仰向けに倒れている女性は林だ。中神が許可を求めに行くと、彼女は自分を助けてくれたひとりひとりの顔を見詰めて、目尻にあふれた涙を拭《ふ》いて頷いた。その後、中神が望月の現況を伝えると、彼女は、ふん、と小さく鼻を鳴らしていた。

できることなら、この絵は『Blue blossom』の店頭に飾りたかった。けれど、混雑する一階通路に客が滞留するスペースを取ることができず、楓広場のイベントスペースに置かれることになった。この絵の横には、花づくりの家のような『Blue blossom』から、コロボックルのようにひょいと顔を出した、林の絵が置かれている。

十枚ほどの絵をイベントスペースに配置しているあいだも、『えきっぷ』には次々と人が流れこんでくる。その多くは食料品を求めにくる客だ。弁当・総菜コーナーの商品はほとんど売り切れて、スイーツコーナーの各ショップに客がずらりと列を成している。『えきっぷ』社員が総出で列形成と交通整理を行っていた。

もうすぐ二十二時、『えきっぷ』の閉館時間だが、この様子では大幅にずれこむだろう。そうなれば、明日の十周年イベントの準備にも差し障りが出る。

「伊吹さん、あとは一人でやりますよ」

イベントスペース全体に白いシートを掛けながら、中神は言った。絵の配置はこれですべて終わっている。シートをきちんと掛け終えたら、あとは客が近寄れないよう、パーティションを置くだけだ。

「わかりました。お願いします」

伊吹は顔に緊張をみなぎらせて頷き、早足でバックヤードに消えた。

だが、いざ一人でやってみると、大きなシートは分厚く、重く、思いどおりに動いてはくれなかった。悪戦苦闘している中神を、通行客が面白そうに眺めながら通り過ぎていく。

「これ何？」

「明日のイベントの準備じゃない？　ほら、いろんなところにポスターあるじゃん」

「へぇ、個展やるんだ。でもなんか地味な絵だな」

「いいんじゃないの、エキナカだし、派手よりかさ」

話している客は、絵にシートを掛けようと四苦八苦している男が、その絵の描き手だとは夢にも思うまい。気恥ずかしさに苦笑した拍子に、中神は手元を誤り、シートがずり落ちてしまった。

「手伝いましょうか？」

中神に声を掛けてきたのは、素っ気ないパンツルックの女性だ。花屋で働く林の後輩の奈田だった。そんな格好でも、彼女の豊満なスタイルは人目を惹いている。

「お願いします。ありがとう」

中神の言葉に奈田は微笑み、伊吹に負けない力強さを発揮した。二人がかりなら、シートは簡単に掛け終わった。

中神はシートを重石《おもし》で固定し、パーティションを引き出してイベントスペースを囲った。いつのまにか、閉館を告げる二十二時の鐘が鳴っている。けれど『えきっぷ』に入ってくる客は切れ目がなかった。

早番で上がっていたはずの奈田は、イベントスペースのすぐ向かいにある『Blue blossom』の様子をちらちらと気にしている。花屋の客はさすがに切れているが、食べ物を扱う店は、客がずらりと並んでいた。

「帰れるんですかねー。皆さん」

「外は？　まだひどいのかな」

「直撃は、深夜零時だって言ってました。列車はもう地下鉄以外は全滅です」

奈田が心配している花屋の店員も、これでは帰りようがあるまい。年中駅にいれば、こういう日はそれほど珍しくはなかった。帰れなくなったスタッフと社員は『えきっぷ』の休憩室に、非常用の布団を敷《し》き詰めて雑魚寝《ざこね》だろう。それでも眠る場所があるだけ、詰めかけている客たちに比べればましだった。

「奈田さんはどうするんだい」

「私は、大学の友達の家に泊めて——」

そのとき、不意に奈田の胸元から電子音が響いた。携帯電話を取り出した奈田は、画面に指を這わせて呟く。

「駅弁屋の前で乱闘……？」

その意味を奈田に問う間もなく、中神は走り出していた。

乱闘となれば躊躇ってはいられない。身を挺《てい》してでも飛びこむつもりだった。

駅弁屋はコンコースから都市間特急駅に向かう通路の途中にある。『えきっぷ』のゲートの一つが面しているから、中神はすぐにその場所にたどり着いた。

だが、そのときにはもう、騒ぎは収束していた。

暴れていたと思われる男二人を、スーツ姿のビジネスマンが数人、寄《よ》って集《たか》って押しとどめていた。その中にSEの桜庭の顔を見つけて、中神は驚いた。

「こっちです！」

聞き覚えのある大声に振り向けば、人込みを掻き分けてくるのは桜庭の部下の梅原だ。その後ろには警察官が二人付いてきていた。

乱闘を見るやいなや桜庭が飛びこみ、梅原が警官を呼びに行った。そういう経緯が想像できた。だが桜庭だけではない。中神が見たこともない顔も、止め手の中には交じっていた。

警官が桜庭と梅原に事情を訊いている。二人が中神に気づいた様子はなかった。乱闘していた二人は、警察官の姿を見ると諦めた様子で、コンコースのほうへと連れていかれた。周囲を見るに、桜庭の着衣が大きく乱れているぐらいで、他に被害はなさそうだ。中神の目から見ても、理想的な短期決着だった。

「……奈田さん、さっきのメールは何？」

中神は、後を付いてきた奈田に尋ねた。背の高い彼女は、可愛らしく唇を尖らせる。

「中神さんには、秘密にしておくようにって、言われたんですけど」

誰に、と聞く気もしなかった。林に決まっている。それでも隠し立てはしようとせずに、奈田は続けた。

「『Blue blossom』のお客さんと、中神さんのファンを中心に、燕町駅の通報メーリングリストを作ったんですよ。考えたのは守下さんです」

奈田はどこか自慢げに、スマホの画面を見せながら中神に説明した。

燕町駅で揉めごとや、支援の必要な人を見かけた人は、場所と状況だけを、その場でメーリングリストに送る。それから対処をするのだが、基本は近くにいる警備員や駅員を呼びに行く。自分で手を出すのは最後の手段で、自信がなければそのまま去ってしまっても構わない。通報だけでもしてくれれば、手の空《す》いている誰かが助けに行くことができる。メーリングリストの中には警備員や『えきっぷ』の社員も参加しているから、通報があれば施設側の対処も早くなる。また助けに行った人は、その顚末をメーリングリストに報告する。

「この一ヶ月くらい、中神さん、打ち合わせー打ち合わせーで忙しかったじゃないですか。守下さんと林先輩が、じゃあそのあいだだけ代わりをしようって、最初は数人でやってたんですけど」

なんかあっという間に広がっちゃって。そう舌を出して、嬉しそうな顔をする。

このところ、警備員の制服がすっかり様になった守下の姿を思い浮かべる中神に、奈田はメーリングリストの「結果報告」を見せた。

『十月二十七日の件、迷子の少年は無事に家に帰ったようで、駅にお礼状が来たそうです』

『昨日の線路に落ちたおばあちゃん、打ち身だけで骨には異常はなくって、すぐ退院できるみたいです。お見舞いに行ったら喜んでました！』

『白杖《はくじょう》を持った視覚障害者の方が困っていたら、積極的《せっきょくてき》に声を掛けてあげてください。案内するときは、肘に摑まってもらうといいそうです』

『十一月二日、コンコースの痴話喧嘩、バッグが飛んでいって別のお客さんに当たったので、駅員さんが厳重注意してました。バッグが当たったお客さんに怪我はないそうです』

メーリングリストのルールは簡単だ。特に義務を感じることもない、緩い繫がりでしかない。だが、そこには確かに温かい人の縁が息づいていた。

「……すごいね。これはすごい」

中神の熱っぽい声に、奈田がきょとんとする。

「これって、中神さんがずっとやってたことじゃないですか。いま参加者三十人くらいですけど、やっぱり手が空くのは朝夕ばっかりで、取りこぼしちゃうこともたくさんありますよ。それを一人でやってたんですから、中神さんはすごいなって思います」

奈田の言葉に、中神は目尻に滲むものを感じていた。

中神は、一人でやることにこだわっていた。人助けは彼の衝動《しょうどう》で、自分勝手な偽善だ。そんなものに、誰かを巻きこむわけにはいかないと思っていた。だがそれを、迷惑だと思わずに、喜んでやってくれる人たちがいる。それも三十人も。

「奈田さんはこういうの、面倒臭いとか思わない？」

「思いませんよー。私、嬉しいんです。困った人を見つけたときって、ホントは手を貸してあげたいんだけど、恥ずかしいとか、なんかお節介すぎるかなとか、いろいろ思ってスルーしちゃうんですよね。でもこういうシステムがあると、あっ、通報だけでもしとくかな、とか、手を出して恥を掻いても、みんなに慰《なぐさ》めてもらえるかなとか、そんな風に背中を押してもらえるというか、勇気が出るじゃないですか？」

奈田は『えきっぷ』に勤めてまだ一年も経たない、来年には辞めていくであろう普通の女子大生だ。そんな彼女の言葉に、中神は感動していた。

同時に、一人で頑張ってきた十年間が、まるで意味のないもののように思えた。

「俺は……バカだな」

十年でイラストのファンが日参してくるようになり、駅の中で働く知り合いも増えたが、ずっと自分は孤独だと思っていた。様々な人から頼みごとを引き受け、頼られても、自分は誰かに一度も頼ったことはなかった。

「先輩が言ってましたよ。中神さんは格好付けてるだけだって。……あ、これ言って良かったのかな」

「いや、たぶんそうなんだと思うよ」

なんとも林らしい言葉だが、実に的確だ。自己満足で勝手なお節介。そう思うことで、思考停止していたのだ。自分の周りに広がっていく温かい縁から、目を背けていた。

顔を上げると、乱闘の余韻は消え去り、苛立った客が通路を埋めていた。通路の窓越しに、轟々《ごうごう》と風雨が打ちつけられている。

再び奈田の携帯がメールの着信を告げた。

「あ、今度は……」

読み上げようとして、奈田は中神を見て微笑んだ。

「やっぱり秘密です。中神さんの個展、楽しみにしてますね。それじゃっ」

奈田は人込みを掻き分けて歩いていった。追うこともできたが、中神はそうせずに

『えきっぷ』へと足を向けていた。メーリングリストのことを中神に秘密にしていた林は正しい。中神が、揉めごとと聞けば反射的に手が出てしまうことを、彼女は良く知っているのだ。

疎外感を感じないわけではないが、いまの自分の役目は明日の個展を成功させることだ。二十二時半を過ぎても客であふれかえっている『えきっぷ』に入ると、中神は視点を固めず、疲れた顔をした人々を眺めながら、ゆっくりと歩き回った。

一人になると、嫌でも父のことを思い出す。

個展の日取りは伝えてある。刷り上がったパンフレットも渡した。父親の身体に刻まれた分厚いトラウマを、中神は三百枚のイラストを刃のように突き立て、引きはがそうとしてきた。最初は見向きもしなかった父も、最近では長い時間を掛けて見入ってくれるようになった。

だが、父は来ないだろうな、と思う。

父が中神の個展を喜んでいるのは確かだ。けれど、だからこそ自分のせいで迷惑を掛けたくない、と思うだろう。そういう頑固なところは、誰よりもよく知っていた。

中神は、白シートの掛かったイベントスペースの横を通り過ぎた。壁や柱には大きな額が掛けられているが、そちらもシートで覆われている。

本来ならとうに『えきっぷ』のシャッターは閉まり、スタッフも社員も明日の十周年イベントの準備に集中していなければならない時間だ。しかし疲れ果てた客を追い出すこともできず、まだ閉めることのできないショップは商品を売り続けている。ため息を吐きながら、好きでもなさそうなブルーベリームースを買っている男性客は、おそらくそれが今夜の食事なのだろう。見ればそこかしこに座りこんだ客が、膝に顔を埋めていた。

「……たまんないな」

ああ、ここに、こんなに困っている人たちがいる。

無性にそのことを誰かに伝えたくて、中神はタブレットを取り出し、絵筆を取ろうとした。しかし、タッチペンの先端は画面に降りていかない。引っかかりが足りないのだ。茫漠《ぼうばく》とした疲れだけが、『えきっぷ』に充《み》ち満《み》ちていた。

彼らの姿に、座椅子に一日中腰掛けて動かない、父の姿が重なった。

視線を巡らせると、パンツスーツ姿の伊吹が、座りこんでいる客に声を掛けていた。明日のイベントがあるから彼女も必死だ。けれど疲れ切った客の反応は鈍《にぶ》かった。

中神は彼女に近寄って声を掛ける。

「伊吹さん、ちょっとお願いがあるんですが」

「中神さん？　なんでしょう」

中神は、やはり疲れた顔をした伊吹に、柔らかに微笑んで『お願い』を告げた。


燕町駅のコンコースに面した、『えきっぷ』のメインゲート。その右側の白い柱に、絵が掛かっている。

個展を訪れた人が、恐らく最初に目にすることになる絵は、ランドセルを背負った少年のイラストだった。

黒いランドセルの革ベルトを手でしっかりと掴み、行き交う大人たちの中を、しっかりと前を見て歩く少年だ。タイトルは『未来』。その目の光は強く、確かに希望と未来を見詰めていた。

この絵を飾ると決まったとき、警備員の絹野は跳び上がって喜んだ。浮かれて、その場で別れた妻にメールをしたほどだ。返ってきたのは冷たい返事だったが、最後の「一度くらいは見に行きます」という文言《もんごん》を、絹野はずっと指でなぞっていた。

その絵からシートを取り去った伊吹が、中神を見て頷いた。伊吹の目には、決意と覚悟が浮かんでいた。

　彼女が『えきっぷ』の副社長を説得してくれた。副社長はその場で燕町駅長に連絡し、許可を取った。すべての責任は『えきっぷ』側が負うという条件付きで。

　そして二十三時半。矢継ぎ早にすべてが整った。列車はすべて運休。シャッターが閉まるまでは雨宿りしようと、疲れ果てて駅の床に座りこむ人たちの上に、落ち着いたアナウンスが響き渡った。

「ただいまより、燕町駅『えきっぷ』にて、エキナカ画家、中神幸二、個展の内覧会を行います――」

　その声に、誰もが顔を上げていた。

　それはあたかも最初から予定されていたイベントのように、静かに進行した。

　メインゲートの左右には警備員が立ち、パンフレットを配っている。パーティションは組み直され、順路がはっきりと明示されて、ところどころにスタッフが笑みを浮かべて立っていた。『えきっぷ』内に座りこんでいた人たちは、そのほとんどが困惑しながら立ち上がり、にわかに始まった「内覧会」の列に、気恥ずかしそうに加わっていった。

　そのアナウンスは『えきっぷ』だけではなく、燕町駅全体に流れていた。決して押しつけがましくなく、ただ一度だけのアナウンスに、多くの人が興味を惹かれて『えきっぷ』に足を向けていた。アナウンスを聞き逃した人も、突然の人の動きに顔を上げている。混沌としていたコンコースに流れができはじめ、それだけで、構内の荒れた雰囲気は少しずつ和らいでいった。

窓の外は闇夜《やみよ》の大嵐。だが、『えきっぷ』の中は穏やかな光の世界だった。

楓の大樹が、落葉受けのネットにふわりと包まれて、すっかり色づいた朱色《しゅいろ》の葉を広げている。その周り、柱や壁に掲げられた額の前には、どこも人垣ができていた。

疲れた顔をした人々は、中神の駅のイラストを見て、決して笑みを浮かべるわけではないが、ほっと安堵したようなため息を漏らす。伊吹が何度声を掛けても動こうとしなかった酔っ払いも、いつのまにか、人の流れに沿って絵を眺めていた。

伊吹が、中神を見つけると寄ってきた。疲れの滲んだ顔は、けれど笑顔だ。

「話には聞いていましたけど、あなたは本当に奇跡を起こすんですね」

大いなる買いかぶりに、中神は苦笑を浮かべていた。

「ただの思いつきですよ。俺だって、本当にこんなことできるんだって驚いてます。あちこちに許可を取ってくれた伊吹さんのおかげです」

伊吹は、少し着崩れたスーツの襟を整え、中神を真っ直ぐ見詰めた。

「夜の内覧会。最高の宣伝になると、副社長が喜んでいました。けれど、中神さんはそういうつもりじゃないんですよね」

伊吹の真っ直ぐな視線を受け止めて、中神は穏やかに微笑んだ。そして『えきっぷ』を回遊する人々を見渡した。

「台風で駅に足止めを食らった夜が、こうすればいい思い出になるんじゃないか、と思ったんです。それだけですよ」

「おかげさまで、社員は徹夜でしょうけどね」

安全管理の都合上、駅自体は午前一時には閉めなければならない。夜の内覧会もその時間までだ。『えきっぷ』の社員たちは、その後徹夜で十周年イベントの準備に取りかかることになる。

「手伝いますよ」

「最初から頭数に入ってます」

最後まで生真面目に応えて、伊吹は微笑みを絶やさぬまま、見回りに戻った。

内覧会の列に、背の高い奈田の姿が見えた。入口で警備をしているのは、絹野と守下だ。コンコースのほうでは、パンフレットを持った梅原が、桜庭にからかうような笑顔で何かを話している。桜庭がしきりに照れているのが遠目にでもわかった。

奥まった、目立たないところに、『まどろみ』と題された絵が掛けられている。その絵の前にはあまり人もおらず、そこに絵があることも気づいていない人が前を通り過ぎていく。中神は、その絵の前で立ち止まった。

開けっぴろげに明るい夏の日差しの下で、一人の老女が、ホームの階段に腰掛けてまどろんでいる。背景も単調で、動きも少ない絵だ。老女は黒い服を着ていて、それが夏の日差しと相まって、まるでモノトーンのイラストのような陰影を帯びている。『まどろみ』というタイトルは、モデルの三波が付けてくれた。穏やかに眠る老女が夢見ているのは、ずっと昔の燕町駅。そういう雰囲気が伝わればいい、と三波は嬉しそうに語っていた。

年かさの男性が、中神の隣に並んでその絵を見詰めていた。よく見れば、その男性は先ほど伊吹が声を掛けていた酔っ払いだった。酔いはすっかり醒めたようで、まるで絵の後ろにある何かを、懐かしく眺めるような顔をしていた。

「いい絵ですね」

独り言かと思ったが、男性は穏やかな顔で中神に目をやっていた。彼がこの絵を描いたとは、男性には知る由もない。

「そうですね」

中神は呟くように言って、三波の話してくれた、過去の燕町駅に思いを馳《は》せる。三波が駅の売店で働いていたという時代。父が、駅長だった時代だ。

まるでその想像からわき出るように、鞄の中から旧式列車の発車ベルの音が聞こえてきた。気の利いた効果音に、その頃を知っているのだろう、男性が頬を緩めた。

中神はタブレットを取り出し、SNSを開いた。

林からの、緊急のメッセージだった。


「ごめん、こっち！」

改札を出た中神に、林が跳び上がるように手を振っていた。彼女は、いまにも泣き出しそうな顔をして、中神を北口へと連れて行く。

林のあとを追う中神は、緊張に満ちていた。ともすれば錆《さ》びついたロボットのように、自分の身体がぎしぎしと音を立てるような気がした。

自由通路の窓は、風雨に叩かれて軋《きし》んでいる。時刻は深夜零時。台風が首都圏に最接近する時間だった。疲れた顔の人々がずらりと壁に背を付いていた。

自由通路の途中に、彼はいた。饐《す》えた臭いが漂っている。床にぶちまけた吐瀉物の上で、手すりに手を突いて、駅員に背中をさすられている、老人の背中。

中神は息を呑んだ。その息がそのまま爆発《ばくはつ》するように声に乗った。

「父さんっ！」

どうしてこんなところに。しかもこんな日に。中神は思わず林を見た。睨みつけるような顔をしていたと思う。彼女は泣きそうな顔のまま、視線をそらすように目を伏せてしまった。

「彼女のせいじゃない」

それは、父の声だった。ハンカチで皺の寄った口元を拭い、青白くなった顔で、それでも強い瞳で中神を睨みつけた。事故のあとから愛用しているサングラスはなく、視力を失った左目をさらしていた。

「私が来たんだ。自分の意思で。彼女には世話になった。感謝している」

嘔吐《おうと》した直後だというのに、老人の声は一言一言を確かめるように強く、重かった。

父のこんな声を聴《き》いたのは、十五年ぶりだ。手すりに身体を預ける父を、中神は肩を入れて抱き上げた。

抱き上げた父の身体は、想像よりもひどく軽かった。

「林さん、水を買ってきてくれるかな」

「……うん。中神、ごめん」

　林はそう呟くと、宗輔の顔をちらりと見て、走り出した。構内のコンビニはとうに閉まっている。彼女が向かったのは北口の外だ。その姿が消えてから、台風のことを思い出すが、後の祭りだった。

「ありがとうございました。あとは俺がやります」

　中神の言葉に、宗輔を介抱していた駅員は頷くと、そのまま忙しげに駅舎のほうへと戻っていった。彼は、この老人が十五年も前に、この駅の駅長だったことを知らない。

「……父さん、どうして」

　十五年経ったいまも、父のトラウマは治っていなかった。鉄道人生一筋の父が、客に裏切られたことは、それだけの衝撃だったのだ。

「降ろせ」

　強い声に、中神は肩を震わせた。吐瀉物から少し離れた床に、慎重に枯れ木のような老人の身体を降ろした。

　林はすぐに二リットル入りのペットボトルを買ってきた。彼女はずぶ濡《ぬ》れになっていたが、何も言わずに吐瀉物を洗い流していく。中神はハンカチを取り出して渡そうとしたが、林は首を振って断った。

「林さん。迷惑を掛けてすまない。幸二。彼女を送ってこい」

力なくへたりこんだ様子の宗輔から、その身体のどこから出ているのか、有無を言わせぬ重い声が放たれる。その声に、中神は否応なく子供の頃の記憶を呼び覚まされる。そう、駅長の声だ。中神が誰よりも好きだった、力強い父の声。

「いいよ、中神。お父さんの側にいてあげて」

林の言葉に中神は逡巡し、へたりこんだ父を見た。鉄板を伸《の》したような顔をした老人が、ずっと昔の記憶と同じ仕草で顎をしゃくった。

「送る。行こう。早く身体を温めないと。父さんはここにいて」

林の家は、燕町駅のすぐ近くだと聞いていた。林は申し訳なさそうに肩を竦めて、小さく頷いた。それを見て、宗輔も頷きを返す。

中神は、後ろ髪を引かれる思いで歩き出した。

「ごめんね、中神。余計なことして」

「そんなことはない。でも、父さんがなんで……」

林の吐息は熱を持っていた。甘えるような声音に、そんな場合ではないとわかっていてもどきりとする。

「中神の、真似《まね》をしようと思ったの。奇跡みたいに、あなたを救ってあげようと思った。でも、やっぱり私じゃ駄目だった」

駅の北口、バスターミナルからはとうに人気が失せていた。ただタクシー乗り場に並ぶ列だけが、ぬらぬらと伸びて不気味に蠢《うごめ》いている。

傘を持たない中神は、雨の日は鞄にカッパを入れている。それを林に着せて、風に煽《あお》られる小さな身体を抱きしめ、身体を丸めて雨の中を駆け抜けた。

一時間ほどして、中神が駅に戻ったときには、改札口のシャッターが閉まりはじめていた。

いつもなら、駅員に追い出しを掛けられた人たちが、不満顔で自由通路に固まっているところだ。けれどこの日は、その中に少なからず笑顔が混じっていた。すぐ外では猛烈な風雨が吹き荒れているにもかかわらず。

「面白かったねー。こんな時間にさ。明日、会社の人に自慢してやろっと」

そんな声も聞こえてきて、中神は少しだけ微笑んで足を速めた。手には濡れたカッパと、林に借りたバスタオルを持っている。

自由通路の隅に、宗輔があぐらをかいていた。いつの間に手に入れたのか、湿った床に新聞紙を畳んで敷いている。その上によれたスーツで座りこんでいるから、ちぐはぐな印象を受けるはずなのに、なぜか彼の姿はひどく駅の通路に馴染んで見えた。

父が吐いたところには、おが屑《くず》がまかれていた。駅員か掃除の職員がやってくれたのだろう。臭いもほとんど消えていて、冷たい雨の香りだけが通路を満たしている。

「父さん。……大丈夫？」

「体調は問題ない。一度吐いたら楽になった」

それだけで、しばらく親子の会話は途切《とぎ》れた。

疲れが滲んだ父の顔を、中神は立ったまま唇を噛んで見詰めていた。激しい風が、窓をガタガタと揺らしている。

「幸二。お前、明日の準備があるんじゃないのか」

宗輔は、見上げた息子に、突き放すように告げた。

「父さんはどうする。もうバスもないし、タクシーの列もすごいことになってた」

「いい。ここにいる」

父はここでつい先ほど吐いたばかりだ。そうでなくてももう七十、古希の老人を、こんなところに一人で置いておけるわけがない。

「職員に頼んで休憩室に入れてもらおうか」

宗輔は、自由通路に座りこむ人々を見渡し、首を振った。自分だけが特別扱いされるわけにはいかない。父なら、そう考えるだろうと思っていた。

心配顔の息子に、宗輔は言った。

「お前の絵を見ていたせいかな。この駅が、十五年ぶりという感じがしないんだ。落ち着くんだよ」

それがやせ我慢だとしても、息子としては、見て見ぬ振りをするしかなかった。

「じゃあ、俺、個展の準備に行くから。寝るならこれ、着ておいて」

中神はダウンジャケットを脱ぎ、水を払って父に手渡した。宗輔は黙ってそれを受け取り、のろのろと肩に羽織ると、かすかに微笑んだ。

中神は踵《きびす》を返し、足を速めて『えきっぷ』の通用口に向かった。


林の家で、中神は彼女の話を聞いていた。

最初は、偶然だったそうだ。燕町駅のバスターミナルで、林は幾度か宗輔の姿を見ていた。そのことに中神は驚きを隠せなかった。

「父さんが、燕町駅に来てた……？」

「そう。私が見かけたのは二ヶ月に一度くらいかな。でも駅の中には入らず、外のベンチに座ってずっと駅を見上げていた」

林は二ヶ月前、中神が「父さんの駅を守りたい」と言ったことがずっと気になっていた。それで折を見て、『えきっぷ』の事情に詳しい警備員の絹野に話を聞いた。

中神の父親が、燕町駅の駅長だったこと。事件で怪我をして、駅に入れなくなってしまったこと。それを知った林は、駅を見上げていた老人が、中神の父親ではないかと考えた。

「横顔が似てた。あなた、たまにすごく切ない顔するでしょ。その顔にそっくり」

林は寒さで青白くなった顔に、かすかに笑みを浮かべた。

「それでね。先週見かけたとき、話しかけてみたの。あなたの個展に来てほしかったし、それが駄目でも、何か力になれるんじゃないか、って思ったのよ」

目を伏せる林に、中神の顔は自然とほころんでいた。林が父と話している光景を想像すると、温かいものが胸にこみ上げる。

「ありがとう林さん。でも、個展は明日だよね。なんで父さんは今日……」

「それも、私のせいなの」

林は、個展に来てくれるよう、宗輔を説得した。宗輔は林には優しかったが、話がいざ個展のことになると、はぐらかすばかり。業《ごう》を煮やした林は、駅で起こっていることを知ってもらおうと、守下の作ったメーリングリストに宗輔を誘った。

「今日は台風で、朝からいろんな事件が起きたでしょう？　それが全部、中神のお父さんに伝わっていた、というわけ」

その日は、よりにもよって中神の個展の前日だった。メーリングリストが宗輔の焦《しょう》燥《そう》を煽り、また昔の職場が大変なことになっているという心配もあったろう。

「それで、来てくれたんだ。父さん」

中神にはその光景が想像できた。風雨の荒れ狂うバスターミナルに降りて、そこから階段を、きっと長い時間を掛けて、一歩一歩進んだのだろう。なんの役にも立たないとわかっていながら、吐き気を堪えて、それでも何かができるのではないかと、一歩一歩。

林の前でみっともないと思いながらも、中神の目には涙が滲んでいた。謝るばかりだった林が、あっけにとられている。

「林さんのおかげだよ。いや、林さんと守下さんと、メーリングリストに参加しているみんなのおかげだ。俺が十年間できなかったことを、みんなが一ヶ月でやってくれたんだ。……俺にとっては、奇跡だよ」

林が、守下が、桜庭たちが、駅をいつも利用しているお客さんたちが、奈田に見せてもらったような、助け合いと心温まる報告を繰り返していた。そんなメールの束が、宗輔に勇気を与えてくれたのだ。

俺はバカだ。いくら駅の絵を描いて見せたって、生の声が届くわけじゃない。父親に必要だったのは、そんなものじゃなかった。

自己嫌悪に陥りそうになった中神を、林の言葉がすくい上げた。

「もしそれが奇跡だっていうなら」

林が、唇を噛んで中神を見詰めていた。その口元は、真剣に結ばれていた。

「それは、私たちをつなげてくれた、あなたが起こしたものなのよ」

駅のシャッターが開く、朝の四時。

中神は準備の隙間を見つけて、自由通路に出てきていた。

台風は東の海上に抜け、雨は小降りになっている。

別れたときと同じ場所で、新聞紙を敷いて、宗輔は座ったまま眠っていた。中神のダウンジャケットを、しっかりと前を併せて着こんでいる。

中神は屈みこむと、放り出された皺だらけの手を、ダウンのポケットに入れてやる。この手に頭をなでてもらった。背中を押してもらった。だから恩返しがしたかった。救いたかった。

父が一人、トラウマに齧り殺されるようにして、朽ちていくのが許せなかった。

中神は、音を立てぬよう注意して、宗輔の隣に座りこむ。

「父さん」

ほんのかすかな声で、中神は父に呼びかけた。宗輔が目を覚ます様子はない。

最初は父のためだった。けれど、いつからだろう。駅に集まる人たちの、笑顔を見ることが紛れもない喜びとなったのは。

疲れ果て、老いた父の横顔。中神は彼を救おうとして、その実、自分自身を救おうとしていたのかもしれなかった。

中神は柔らかく笑って、立ち上がった。

「幸二。見に行く。必ず行く」

中神の願望が生んだ幻聴《げんちょう》か。眠る父が口にしたように聞こえた。その声に被さるように、始発列車を迎える燕町駅のシャッターが、ゆっくりと開いていく。

駅の一日の始まりを告げる音だ。それに急《せ》かされるようにして、中神は足早に個展の準備に戻った。


『えきっぷ』は笑顔であふれていた。

十一月七日の午前十時。十周年式典の開幕式が始まった。

明け方は台風の影響が残っていたが、それもすでに去り、秋晴れの穏やかな日差しが『えきっぷ』の天窓から射しこんでいた。

朱色の葉を存分に広げた楓の大樹の前に、ステージが作られている。土曜日だということもあり、そこにはたくさんの『えきっぷ』常連客の姿があった。

林を救った『Blue blossom』の常連の老紳士や、上品な中年女性の姿もある。守下や梅原たちの姿もあった。けれどそれ以上に中神の目を奪ったのは、観客席をはみ出て『えきっぷ』を埋め尽くす人々だった。

用意したパンフレットは予想を遙《はる》かに上回る勢いで減っていた。昨晩の「内覧会」が大いに話題を呼んだらしい。

中神が初めて、父のいない燕町駅に足を踏み入れたのは、十年前の『えきっぷ』の営業初日だった。その頃のスタッフはもう誰も残っていない。店もほとんど入れ替わっている。だが、燕町駅にある『えきっぷ』という空間は、意思を繋いで十年という時を過ごしてきた。

営業初日の『えきっぷ』を見たとき、中神は思った。ここから、駅は変わっていく。いや、変えていこうと。そうして十年間、彼は『えきっぷ』と燕町駅に寄り添い続けて、三百枚にも及ぶイラストを描き上げた。

今日はその集大成であり、フィナーレだ。観客に交じった中神は、周囲の熱に浮かされながら壇上を見上げた。

壇上には、『背中』と題されたイラストが、大きく引き伸ばされて飾られていた。

「駅を行き交う無数の背中に、元気を与えたい。その想いは、十年経ったいまも、変わっていません」

壇上でマイクを取った伊吹が、絵を振り仰ぎながら言った。

「本来なら、ここでエキナカ画家の中神幸二さんに一言頂くところなのですが、彼は笑って辞退されました。そのときの言葉を皆さんにお伝えして、挨拶に代えたいと思います」

壇上の伊吹が、いつもの生真面目な調子で、中神の謝辞を読み上げた。

「『今日の主役は僕じゃない。みんなが集まる、この駅が主役なんです。燕町駅と『えきっぷ』の十年を、想い、祝ってあげてください』」

最初は静かに、そして盛大に拍手が巻き起こった。

盛況のままに開会式が終わると、一斉にショップが開店した。一階のショップは、ここを先途《せんど》と記念商品をずらりと並べ、どこも通勤ラッシュのようなにぎわいだ。その外側で、柱の前で足を止め、中神のイラストを見上げている人たちも少なくない。

みんな、笑顔だった。

これが、中神の十年の結果なのかはわからない。けれど、この楽しさを味わった人のいくらかは、人が足早に行き交うだけの駅を、思い出の場所として記憶するだろう。中神の絵が、その一助になったとすれば、冥利《みようり》に尽きるというものだ。

いつまでも見ていたかったが、カフェの仕事の時間が迫っていた。群衆に交じっていた中神は、泣きそうな笑みを浮かべたまま、そっと場を離れた。

『えきっぷ』一階の奥まったところに店を構える『カフェ・ソンブラ』。その黒い壁に、一枚の絵が掛かっている。

それは、中神幸二が燕町駅に通うようになって、初めて描いた絵だ。

そして彼が描いた三百枚にも及ぶ絵の中で、たった一枚だけ、完全な想像で描いた絵だった。スケッチブックに描いた絵を彩色したものなので、最近の絵とは違って手書きの質感が生々しく残っている。

背後に『えきっぷ』が見えるにぎやかなコンコースに、一人の男性が立っている。制服姿の、壮年の男性だ。まるで鉄板を伸したように謹厳実直な顔を黒いサングラスで覆い、白手袋を付けた右手で、金線二本の入った制帽の鍔《つば》を摘んでいた。

その口元には、さも満足そうな笑みが浮かんでいる。駅を愛し、駅の人々を愛する、心からの笑みだ。

彼が、中神にそんな笑みを見せたことは一度もない。だからそれは想像だ。もちろん『えきっぷ』ができたあとの燕町駅に、彼が来たことも一度もなかった。

けれど、中神はいつも彼の姿を、燕町駅のコンコースに見いだしていた。

その絵がよく見える席で、一人の老人が、もう一時間も佇《たたず》んでいた。

テーブルには四つ折りのパンフレットと、ほんの一口分だけ減ったコーヒーカップが載っている。

『カフェ・ソンブラ』に宗輔が姿を現したのは、昼を大きく回った頃だった。

自由通路で眠り、それからひどく時間を掛けて、ようやく改札を抜けてきたのだ。様子を見に行った林が、中神に連絡をくれていた。吐くようなら介抱してほしい、と頼んだが、その必要はなかった。父は、乗り越えたのだ。

彼はよれたスーツの脇に、中神のダウンジャケットを抱えていた。古希とは思えない、矍鑠《かくしゃく》とした背中を真っ直ぐ伸ばして、中神の絵を見詰めていた。

付けられたタイトルは『父親』。

この絵を見たほとんどの人は、単に駅長のことをそう表現しているのだと思うだろう。それでいい。中神も、そのつもりで付けたタイトルだ。

隠された思いは、ただ一人にだけ伝われば良かった。

十周年記念イベントで『カフェ・ソンブラ』も千客万来だ。中神もスタッフの一人として忙しく働いている。宗輔と話したのは、注文を取る短い会話だけだった。けれど、それで充分。

エキナカのカフェでくつろいでいる父の背中に、中神は、自分の身体が溶け出すような感動を覚えていた。その感情は複雑すぎて、嬉しいのか悲しいのかもわからない。

ただ、もう絵を見せるために、父親のアパートを訪れることはない。そういう確信があった。

「父さん、ありがとう」

中神は、柔らかく微笑みながら、父の背中に呟いた。

＊＊＊

燕町のエキナカには神様がいた。

個展以降、その噂は確かな一つの事実として、インターネットに刻まれた。

中神幸二は、それからも駅の絵を描き続けた。

ただ一つだけ、彼のイラストには変化があった。

『神様』は燕町駅を飛び出した。路面電車の駅を描いた一葉を皮切りに、首都圏から全国へ、「駅の画家」としてその舞台を広げていった。

三年後、彼が二度目の個展を開く頃には、彼の姿が燕町駅で見られることは稀《まれ》になっていた。

燕町のエキナカには神様がいたという。

彼は今日も、人の営みにあふれる駅を、タブレットの上に切り取っている。

あとがき

小学生の頃、最寄りの駅には掲示板がありました。

私が住んでいた町には駅はなく、最寄りの駅にはバスで十五分かかりました。列車といえば「お出かけ」に使うもの。それでも駅前にはゲームショップがあって、バーガー屋が入っているショッピングセンターもあって、よく出かけていました。

祖父母や親戚がやって来るとき。その駅で家族で到着を待つことがありました。初詣に出かけた帰り。その駅にたどりつくと「やっと帰ってきた」と思いました。

駅の掲示板にはいつも「落とし物　定期券　○○さま」と書かれていて、それを見るたびになぜか笑みが浮かんできました。

大人になって、一人暮らしをするようになって、その駅に降りることもほとんどなくなってしまったけれど。

いまでも心のどこかで「うちの駅」だと思っている気がします。

あなたの駅はどこですか。
そんなことを思いながら、読んでいただけたら幸いです。

謝辞《しゃじ》。
編集の黒崎《くろさき》さま、今作でも大変お世話になりました。
取材にご協力いただいた皆さま、とても勉強になりました。
執筆に当たって参考にした多くの資料の作者さまにも感謝いたします。
そして物語の種をくれた、すべての駅に集まる人たちへ。
ありがとうございました。

峰月 皓

著作リスト

君に続く線路（メディアワークス文庫）
俺のコンビニ（同）
俺たちのコンビニ　新米店長と仲間たち（同）
カエルの子は（同）
七人の王国　総理大臣は十七歳（同）
天使のどーなつ（同）
彼女のトカレフ（同）
エキナカには神様がいる（同）

本書は書き下ろしです。

◇◇メディアワークス文庫

エキナカには神様《かみさま》がいる

峰月《ほうづき》 皓《こう》

発行　2015年12月25日　初版発行

発行者　塚田正晃
発行所　株式会社KADOKAWA
〒102-8177　東京都千代田区富士見2-13-3
プロデュース　アスキー・メディアワークス
〒102-8584　東京都千代田区富士見1-8-19
電話03-5216-8399（編集）
電話03-3238-1854（営業）
装丁者　渡辺宏一（有限会社ニイナナニイゴオ）
印刷　株式会社暁印刷
製本　株式会社ビルディング・ブックセンター

Printed in Japan
ISBN978-4-04-865678-8 C0193

メディアワークス文庫　http://mwbunko.com/
株式会社KADOKAWA　http://www.kadokawa.co.jp/

本書に対するご意見、ご感想をお寄せください。

あて先
〒102-8584　東京都千代田区富士見1-8-19　アスキー・メディアワークス
メディアワークス文庫編集部
「峰月　皓先生」係

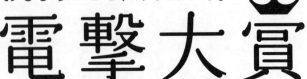